ハヤカワ文庫JA
〈JA1255〉

グイン・サーガ140

ヤーンの虜

宵野ゆめ
天狼プロダクション監修

早川書房
7893

PRISONERS OF THE PUPPETEER
by
Yume Yoino
under the supervision
of
Tenro Production
2016

カバーイラスト／丹野 忍

目次

本書は書き下ろし作品です。

ドライドンはヤヌスに海をまかされた、すべての水の精の王である。海神の髭は鯨の身の丈と同じだけあり、息のひと吹きでニシンたちは浜に大挙して押し寄せる。そのドライドンの娘リアが勾引《かどわ》かしにあった。父神は海中くまなく探し回ったが見つからず深い悲嘆にくれた。そこに地の底からささやく声があった。

「あなたの娘子《むすめご》は深い地の溝に落ち込み這い上がれずにいる。地上のすべての水を吸いあげなければ救い出せぬだろう」

海神はこのささやきに耳を貸し、掌の中の海玉石に水を吸い込ませはじめた。地上から一滴あまさず水が奪われたとき、生きとし生ける者は死にいたる。ささやきの主は邪《よこしま》なドールであった。ヤーンはたくらみに気付き、ルアーにリアの救出を託した。太陽神は疾《と》く地底に降り立ち、紅炎を黄金の弩《いしゆみ》につがえ暗黒宮殿に向け放った。ドールの大宮殿は燃え上がり、逃げまどう闇の眷属《けんぞく》からリアは救いだされた。

娘をとりもどした海神は水を解き放ち、地上は滅びをまぬかれた。

偉大なる神も愛する娘のために道を誤る——これは父親の痛ましい挿話なのだ。

アンテーヌ選帝侯アウルス・フェロン

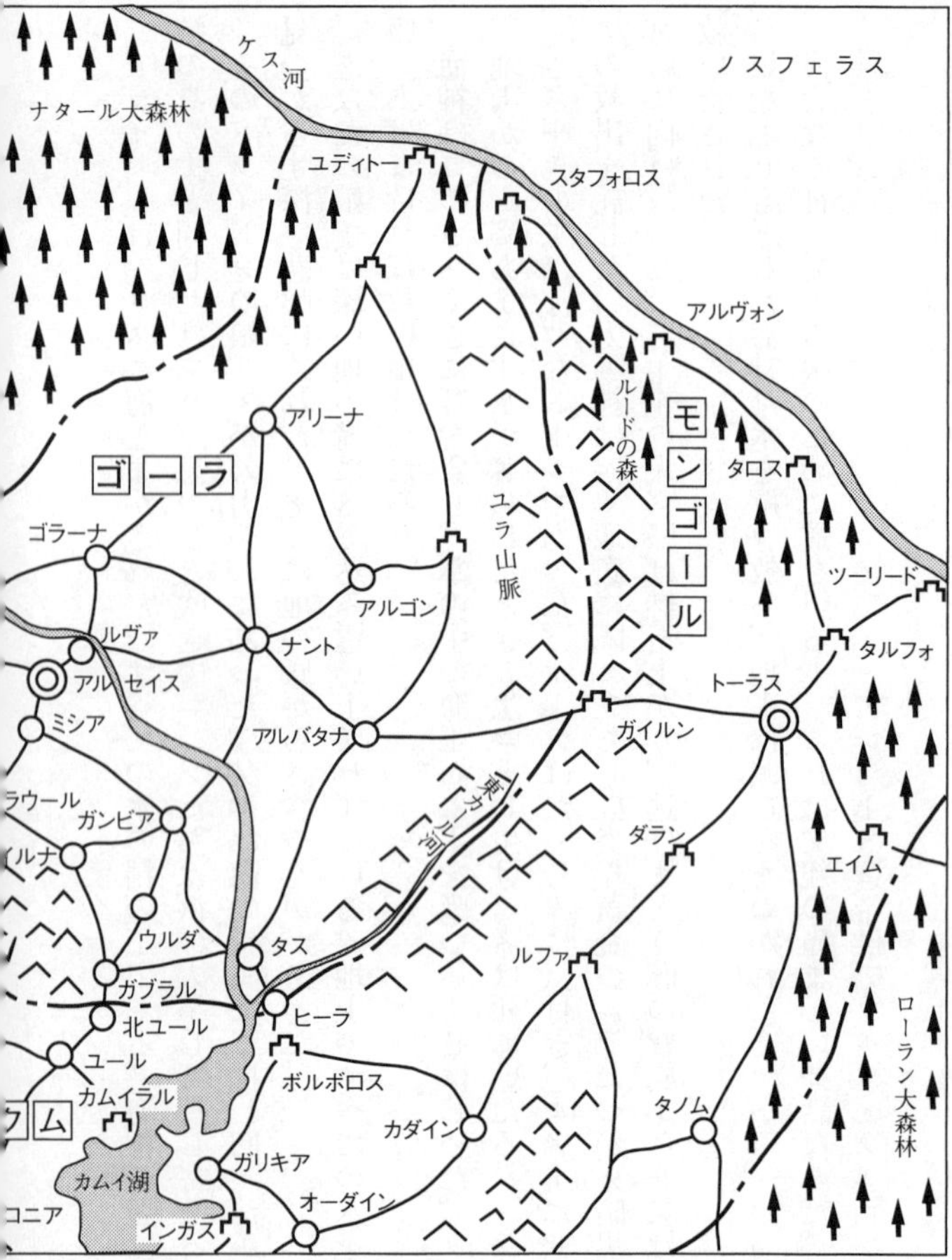

ケス河
ノスフェラス
ナタール大森林
ユディトー
スタフォロス
アルヴォン
アリーナ
ルードの森
モンゴール
ゴーラ
タロス
ユラ山脈
ゴラーナ
ツーリード
アルゴン
ルヴァ
ナント
タルフォ
アルセイス
トーラス
ミシア
ガイルン
アルバタナ
東カール河
ラウール
ガンビア
ダラン
イルナ
エイム
ウルダ
タス
ルファ
ガブラル
ヒーラ
北ユール
ローラン大森林
ユール
ボルボロス
カムイラル
クム
カダイン
タノム
ガリキア
カムイ湖
オーダイン
コニア
インガス

〔中原拡大図〕

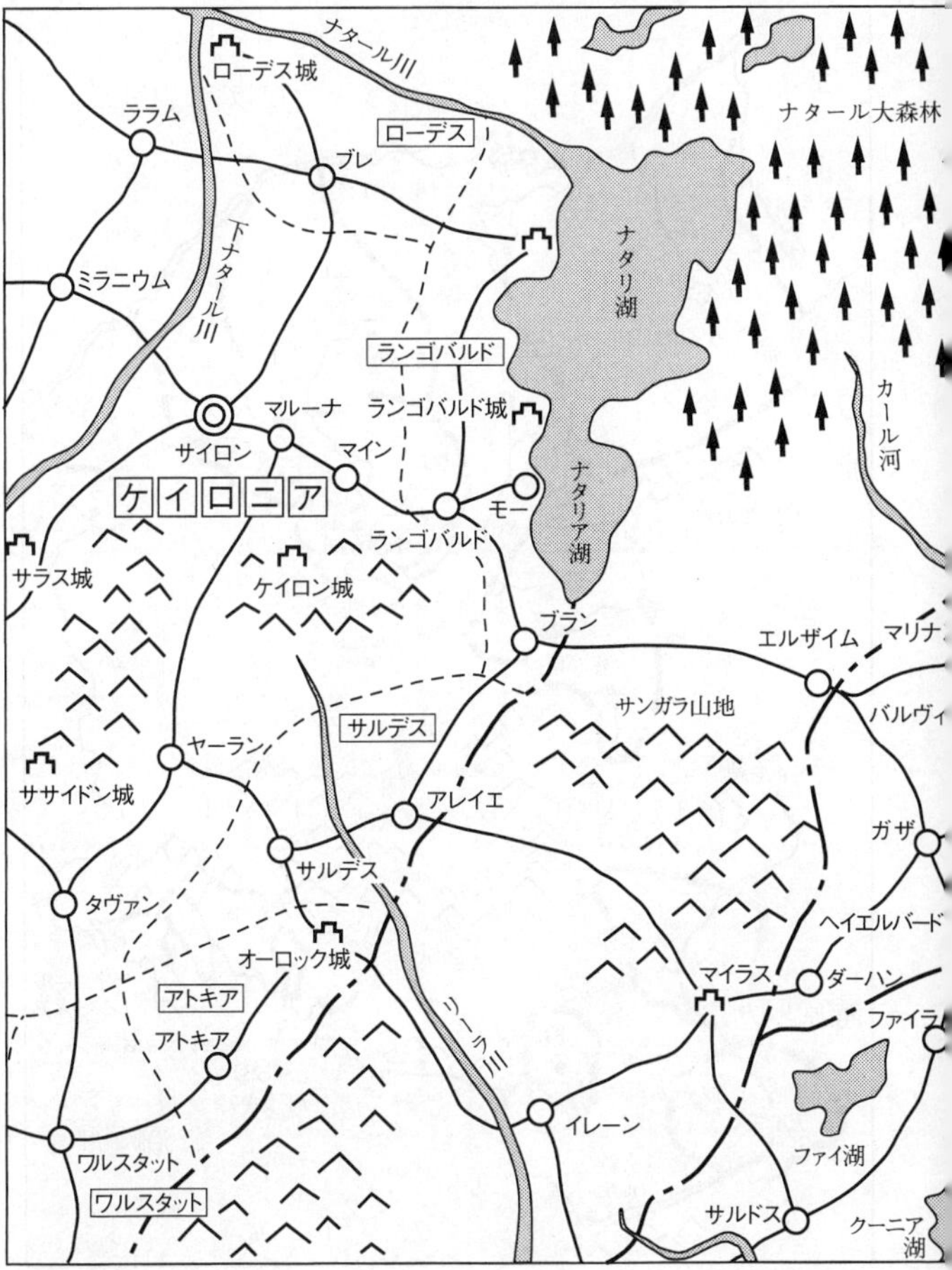
ナタール川
ローデス城
ララム
ローデス
ブレ
ナタール大森林
ナタリ湖
下ナタール川
ミラニウム
ランゴバルド
ランゴバルド城
マルーナ
サイロン
マイン
カール河
ケイロニア
モー
ランゴバルド
ナタリア湖
サラス城
ケイロン城
ブラン
エルザイム
マリナ
サンガラ山地
バルヴィ
サルデス
ヤーラン
ササイドン城
アレイエ
ガザ
サルデス
タヴァン
ヘイエルバード
オーロック城
マイラス
ダーハン
アトキア
リーラ川
ファイラ
アトキア
イレーン
ファイ湖
ワルスタット
ワルスタット
サルドス
クーニア湖

〔中原周辺図〕

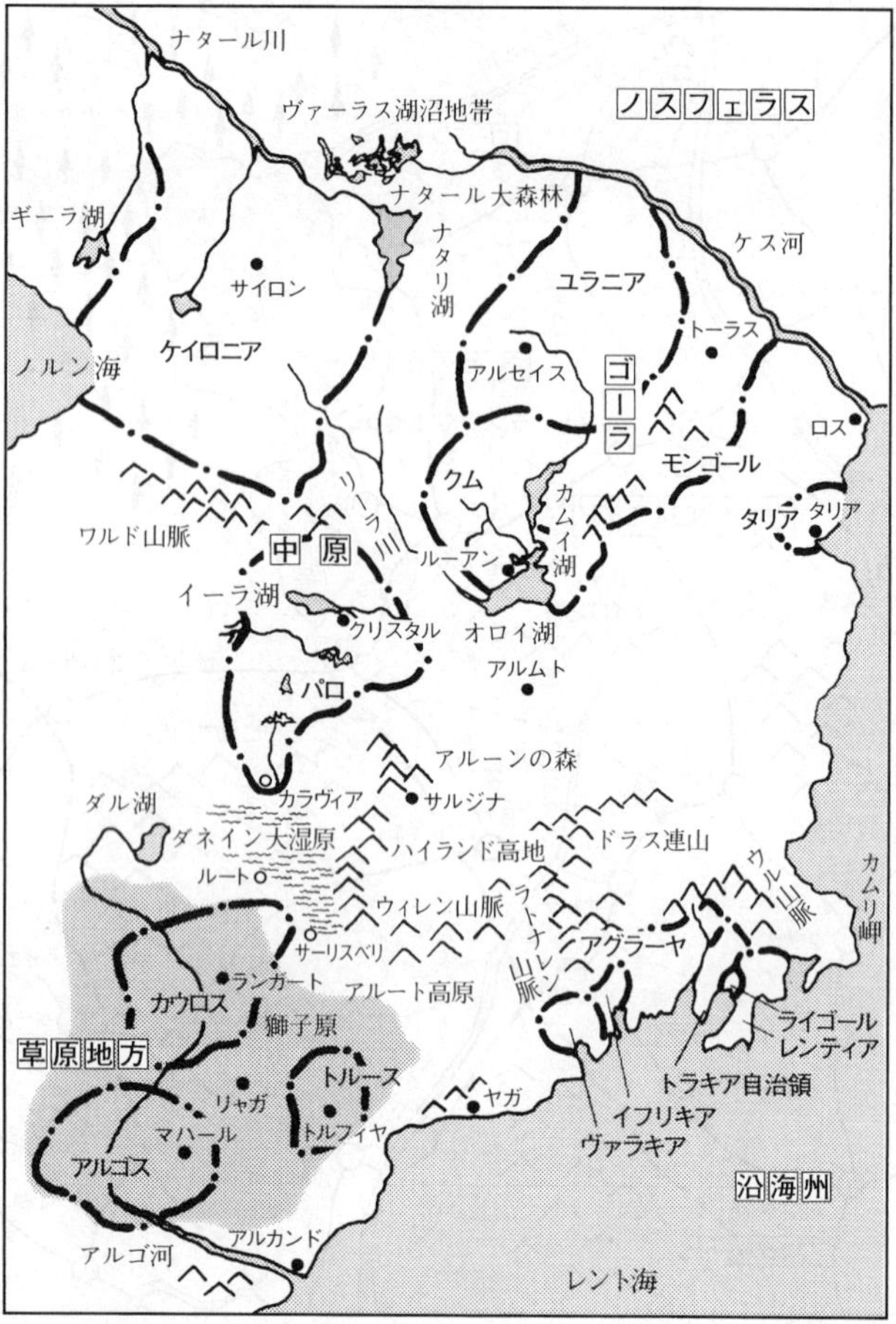
ナタール川
ヴァーラス湖沼地帯
ノスフェラス
ナタール大森林
ギーラ湖
ケス河
ナタリ湖
ユラニア
サイロン
トーラス
ノルン海
ケイロニア
アルセイス
ゴーラ
ロス
モンゴール
クム
カムイ湖
ワルド山脈
リーラ川
タリア
タリア
中原
ルーアン
イーラ湖
クリスタル
オロイ湖
アルムト
パロ
アルーンの森
カラヴィア
サルジナ
ダル湖
ダネイン大湿原
ドラス連山
ハイランド高地
ウル山脈
ルート
カムリ岬
ラトナレン山脈
ウィレン山脈
アグラーヤ
サーリスベリ
ランガート
アルート高原
ライゴール
カウロス
獅子原
レンティア
草原地方
トルース
トラキア自治領
リャガ
ヤガ
イフリキア
マハール
トルフィヤ
ヴァラキア
アルゴス
沿海州
アルカンド
アルゴ河
レント海

ヤーンの虜

登場人物

グイン……………………………………ケイロニア王
アウルス・フェロン……………………アンテーヌ選帝侯
アウルス・アラン………………………アンテーヌ子爵
ディモス…………………………………ワルスタット選帝侯
ラカント…………………………………ディモスの協力者。伯爵
ユリアス・シグルド・ベルディウス……ベルデランド選帝侯
ロベルト…………………………………ローデス選帝侯
シリウス…………………………………シルヴィアの息子
ヴィダ……………………………………サーリャの巫女
ライオス…………………………………ダナエ選帝侯。故人
ルシンダ…………………………………ライオスの母
アウロラ…………………………………沿海州レンティアの王女
フェリシア………………………………パロの貴婦人
ドルニウス………………………………パロの魔道師
シルヴィア………………………………元ケイロニア妃
パリス……………………………………元シルヴィア付きの下男
ユリウス…………………………………淫魔
グラチウス………………………………魔道師

第一話　ノルン城の虜

1

勾配がかなりきついが隊列にわずかな乱れもない。騎士たちは軽量の鎧に旅用のマントをつけている。馬具に刻まれた紋章は〈鯨と剣〉――アンテーヌ選帝侯のものにまちがいない。

「アンテーヌと云えば海軍」は定説である。

ケイロニアの十二選帝侯領のうち唯一アンテーヌだけが海に面する。それゆえ操船術に頼って馬術に重きをおかず、騎馬の戦いに遅れをとる――という揶揄《やゆ》を含んでいる。「ドライドンの竜の鱗をうちだした鎧姿は船の上で大いばり、ところが陸《おか》に上がったとたん馬の尻《けつ》から落っこちる」はサルデスの詩人の作とされるが、この騎士団の手綱さばきを知ればおのれの不明を恥じたことだろう。

先頭の騎士は二十歳になるかならずの若さだった。きわだって端正な目鼻立ちだが柔弱さはない。引き結んだくちびるからも意志の強さがみてとれる。しなやかな体軀を騎士たちと同じ革の鎧に包んでいるが、兜をとって赤みがかった金髪を肩になびかせ、混じりけのない白馬にまたがる姿は別格だった。マントには毛皮のふちどりがほどこされている。

美貌の若者はアンテーヌ選帝侯の世嗣《よつぎ》にして代理人、アンテーヌ子爵アウルス・アランである。

アランに率いられ騎士たちは丘陵をのぼりきった。

丘の上でアランはいったん隊に休止を命じた。

空を仰いで青い目を細める。

（……まぶしい。珍しいこともあるな）

冬を前にしたこの時期、ノルン海に面する地域には厚い雲がたれこめ、空も海も無彩色に塗り込められる日が多いものなのだ。今、雲ひとつない空にルアーは燦々と光の箭《や》を投げはなっている。

「若様――」

声をかけてきた者をアランはふりかえる。

「モーゼス」

渋い声質にふさわしい年配の騎士だった。この者だけ旧式の甲冑を身につけている。

「晴れ渡った空、おだやかなノルンの波！　これは僥倖《ぎょうこう》でございますぞ。ドライドンは荒くれ馬を一頭のこらず海底の厩《うまや》におさめ、アンテーヌのお世継ぎのご帰還を祝って海の眷属《けんぞく》どもに敬意を示させておるのです」

じつに大仰な、若い騎士に時代遅れと笑われそうな云いまわし。アランも内心可笑《おか》しくてしかたないのだが、口もとを引き締め真面目くさって云う。

「――うむ。爺の云うように善いしるしならよいな」

「善いしるしに決まっております」

モーゼスは語気をつよめた。

兜から灰白色の髪がはみだしているが、馬上の姿勢はすっきりしていて手本にしてよいくらいだ。なにしろアランの乗馬の師である。モーゼスは父アウルス・フェロンに若い頃から仕える忠臣の中の忠臣だ。むろんアウルスからの信頼は厚い。今回も、新皇帝の即位式のためサイロンに赴《おもむ》いていたアランに、アウルスからの帰還令を届ける早馬を担っている。まだ若い者に負けはせぬという気概を全身から発散させている。

アランにはあわただしい帰還となった。ケイロニア初の女帝となったオクタヴィアの戴冠を父の代理として見届けた翌日にはもうサイロンを発たねばならなかった。

急な帰還令をアランはいぶかしんだが、モーゼスは泰然としているし、ルアーの光を浴びたアンテーヌ市の佇《たたず》まいはいつに変わらず美しい。そもそもいつまでも疑念を抱くような性格ではない。

アランは丘陵の上に立って、生まれ育った城市に見入った。

手前を横切る長大なきらめき。レミン河はケイロニアではナタールに次ぐ長さを誇る。レミン河は長く続く丘陵地と共に、アンテーヌ市を守る役割も果たしている。またこの河から引かれた何本もの運河は物資の運搬に無くてはならなかった。

そして——遠くを見晴るかすとドライドンの版図が広がっている。光の彩が砕かれて波間に揺れている。美しく厳かなけしきを目にするとアランも騎士たちにも「帰って来た」との思いが身のうちにしみこむようだ。

「さあアランさま、お父上が首を長くしてお待ちです」

主人の気持ちを代弁して老騎士が促した。

「モーゼス……」

ふいに胸によぎった淡い心残りをアランは微笑で消した。

「いかがされました？」

「いや、何でもない」

アランは一瞬後ろを——赤いレンガの敷かれた街道をふりかえってから、高々と腕を差しあげて騎士たちに号令をかけた。丘陵にふたたび馬蹄の音が響きわたる。

アンテーヌ市にノルン城が築かれるよりかなり前の話にはなるが、ケイロニアが統一された当初アンテーヌ選帝侯が住んだのは内陸のアンテーヌ城であった。

何代かアンテーヌ侯は、そのいくぶんサイロンに近い山城から黒曜宮に出仕していたが、ケイロニアの国体が整い中原の強国として認められ、もはやゴーラ帝国の脅威にさらされなくなったことや、最大の港があるギーラから遠く不便であったため、家族と側近ともども内陸地から沿海に住み替えたこともあり、アンテーヌの古城はかえりみられなくなった。

そうやってノルン海のふところで、アンテーヌは独自の発展を遂げた。〈運河の市〉と呼ばれるのは市中をながれるたくさんの運河を、荷を積んだ艀船《はしけ》が行き来しているからだ。物流を多く人や馬に頼る時代に水運力は街を発展させる大きな役割を担った。

その運河に沿って白壁の家々が建ち並んでいる。屋根は赤や緑やカンの実の色と実に色あざやか。絵心のある旅人なら心をおどらせ筆をとるだろう。

貴族や武官の館は黒曜宮の外宮にも及ばぬ規模だが、これはアンテーヌ人の気質に依るものだろう。陸の建物にかける以上の財貨が港の整備や船に使われていた。アンテーヌ侯の御座船は云うまでもなく、名のある貴族や武官の持ち船はもうひとつの邸宅と云ってよいほど装備が整っている。

城砦の外壁をくぐったアランたちは、市街地を抜けて城に向かった。

統治者の住まいから離れた場所に庶民の暮らしが展開しているのはサイロンと似ているが、内陸地ではまずお目にかからない看板がたくさん見受けられる。〈船と碇〉は船大工、〈船板と金づち〉は船底の修繕屋というぐあいだ。他にも〈帆布〉やら〈漁網〉を商う店、〈フジツボ〉を剝がす掃除屋、〈刷毛と星〉は塗料の店で、夜光貝を砕いて混ぜこんだ塗料を塗ることで夜間の船同士の衝突が避けられるのである。

〈真珠と珊瑚と女神の横顔〉は宝石屋である。大粒の真珠を連ねた首飾りや、血のような珊瑚のブローチが飾られている。カメオもすばらしい出来で、パロ女王をさえ思わせる繊細な美女の横顔が刻まれている。国柄を問わずご婦人の心を奪うであろう。

他国者《よそもの》を仰天させる店には土産物屋がある。布か何かで作られたこぎれいな細工があるかと思えば、何に使うのか知れない、がらくた同然の品物まで天井近くまで積み上げてある。そのため店の奥はうすぐらい。店主はいっそうあやしく見える位置に南方ゴアの木彫りの面や腰蓑《こしみの》や、貴石を目にはめこんだ像などを置いている。うっすらと埃をかぶって鎮座する、エルハンの牙で作られたランダーギアの神像の、蛙《ランダド》の面のうす気味悪さに、冷やかしに入った客がぎょっとするのを見て、店主はくつくつ笑うのだ。

ランダーギアと云えばこの時代の中原では「暗黒の大陸」と呼ばれる。アンテーヌの船乗りはノルンの海を越えはるかコーセアやレントの海へと達し、商人たちは交易を広げていった。

もとよりアンテーヌ人にはタルーアンのヴァイキングの血が混じっているとされる。氷の波や巨大な鯨《ガトゥー》と戦ってきた勇猛な戦士の気質を引くからこその、それらは戦利品にちがいなかった。

黒死病でサイロンが被害を被ったとき、グイン王がまっさきに支援を願ったのはアンテーヌ侯である。ドライドンがアンテーヌにもたらしてきた富裕に頼ったのである。


アンテーヌ侯の居城〈ノルン城〉にいたる道は途中自由市場と接しており、市場の喧《けん》噪《そう》と共に蒸したり焼いたりした食べ物の匂いが大路まで漂ってくる。アンテーヌの市場だ。漁港から直送された新鮮な海の幸であふれかえり、海老や蟹や牡蠣や、どんな珍しい魚もよりどりみどりだ。

道の傍《かたわら》に屋台が停められていて、ひさしから何やら黒っぽい紐のような魚を下げている。〈串焼き屋〉である。黒っぽいのは海へビを干したもので、これを何等分かして串を打ち、焼いて甘からいタレをつけて二度焼きした料理はアンテーヌでは身分の上下なくこよなく愛されている。屋台の女がさかんにうちわで扇ぐから通りにまでいい匂いが漂って、精強な騎士たちの嗅覚から胃袋をくすぐった。

「若様をお守りするのがおぬしらの第一の務めであるぞ。腹の虫に惑わされるでない」

老騎士の言葉に騎士たちはぐっと口角をひきしめる。

（……とは云え仕方ありませんな。サイロンの不味い料理を食べさせられたあとでは）

モーゼスはアランにだけ聞こえるように云う。

（料理はアンテーヌにかぎると、このたびつくづく思い知らされました。居酒屋で川魚らしきものが出てきましたが、泥くさくて口に入れることもできませなんだ。あれで魚を料理したと抜かす料理人を呼びつけ説教しようと真剣に考えましたが、内陸ではろくな魚が手に入らぬのだろう、と寛大になることにしました。しかし活きた魚と目の腐った魚の区別がつかぬのでは、毒をまぶされても解らないかもしれませぬ。若も重々お気をつけなさいますよう）

情け容赦ない差別発言に、アランは苦笑をかみ殺しつつ小声で答えた。

（生け簀で泳いでいる魚を捌《さば》いてもらうことにする）

串焼きを焼いている屋台の女のほうは、〈鯨と剣〉の紋章を掲げた騎士たちとりわけ白馬の子爵にうっとりして、海へビがだんだん焦げ臭くなってきているが気付かないでいる。アランの美貌のせいばかりではない。彼に率いられる騎士団はアンテーヌ市民の注目と憧憬の的なのである。

市街地を抜け見通しがよくなったところでモーゼスから訊かれた。

「ときに——アランさま、今回のサイロンはいかがでした？」

「お前ほど食事に苦労はしなかったぞ。ヒツジの鍋《フラー》やナタールの鱒料理もそう悪くなかった」

「ほう、てきとうに好みの女子《おなご》とお過ごしになられたと云うことですかな？」

「どっ、どうしてそうなるのだ……爺？」

面食らうアランの顔をじっと見つめ老騎士は落ち着き払って、

「そのお顔では、そのようなことはなかったという意味ですかな」

アランは頭から網をかぶせられた魚の気分である。

（だいいち、そんな暇など無かったではないか）

美貌を染める若者は、内心では文句が云いたいくらいだ。

「今はうつつを抜かしているときではありませんしな。父上のご名代として精いっぱいつとめていらっしゃる最中だ」

生まじめで一途と評価されると……その裏で余裕がないと思われているかと勘ぐれる。

それはそれで二十歳のアランには複雑である。

（私にも憧れる方はいるのだモーゼス……）

言葉にしてやりたいが云わないでおく。と、モーゼスはふいに笑いだした。

「ハハハ、私としたことが気の回し過ぎというものですな。さいぜん若様が心残りでもあるように後ろをふりかえったのが気になり申してな。老婆心とはまさにこのことでございますな」

アランは笑えなかった。（爺はあなどれぬ。おしめをしていた頃から私のする事なす事見てきたと云うだけはある）動揺を隠す努力が必要だった。父の腹心に知られるのは早すぎる。反対されるのではないかという問題ではない。なにしろまだ相手に自分の思いを伝えてもいないのだ。早すぎる、それではあまりにも……。

（慌ただしかったのは私だけではなかった）

即位式で会えるかと期待していた想い人はサイロンをすでに離れていた。あとからアトキア侯マローンに聞いて深く落胆したアランである。

城までの道にはいくつか橋が架かっている。運河に架かった橋はすべて外敵が攻めてきたらはね上げられるようになっている。厳戒な防衛の仕組みはアンテーヌ族が内陸の民を警戒してきた名残のようなものである。

やがて〈ノルン城〉が目の前に迫ってくる、が、巨大なためそう見えるのであって坂を上り切ってようやく城郭の第一の門にたどり着く。

その名の由来たるノルンの海を背に城はそびえ建っている。アンテーヌ選帝侯の一族を守るもの、それは北の大海そのものだ。ノルン海の入り組んだ湾や、自然の海洞に何隻もの軍船をひそませ、さらに外海にはアンテーヌ艦隊が控える。悠然とした船影はガトゥーの群にも喩えられる。

ノルン城の歴史はまだ新しい。

もとよりアンテーヌにはギーラという大都市があり、中原の名だたる港湾都市のひとつである。アンテーヌ族先祖代々の城はこのギーラにある。

現アンテーヌ侯アウルス・フェロンはギーラの城に生まれ当主となった。二代前の皇帝の息女マレーナをめとり長女のアクテをもうけ、そののち――十年以上子供にめぐまれなかった。同じケイロニア人でもアンテーヌ族はケイロン族のように男子優先の考えに縛られていない。ケイロニア皇帝に臣従を誓う以前の歴史に、アルビオナという女の大公が名を残している。だがアクテがまだ幼い時分にワルスタット侯家から世嗣ぎの夫人に望まれたこともあり、「次こそ男児だ」と期待する声は領民の間からさえきこえた。これが心にのしかかったものか、元皇女は頭痛や不眠をうったえ体調も崩しがちになった。名医が処方する薬を飲んでもなかなか好転しない。

アウルス・フェロンは愛妻のためどうしたらよいか、医師と相談し気候療法をこころみることにした。こうしてギーラより南の地に〈ノルン城〉が築かれ、選帝侯の一家が移り住み、あれよあれよと人が集まり城市は発展した。

アンテーヌ市はギーラより天候がよく真冬の風もしのぎやすかった。新しい城にマレーナはお気に入りの侍女や側近を連れてきた。やがて心身ともに健康をとりもどし、二年後には懐妊し玉のような男児が生まれた。次代のアンテーヌ侯、アウルス・アランである。

ケイロニア統一の際に最後まで抵抗したアンテーヌ族直系の血と、ケイロニア皇帝の血とがかけ合わされた世嗣ぎが生まれたのである。アランは中央・黒曜宮とノルンの海とを橋渡しする星を生まれながらに担っている。

即位前のオクタヴィアに、フリルギア侯夫人スティシア（マレーナの妹、アランの叔母にあたる）が云った、「アランさまと再婚して摂政をなさればいいわ」は思いつきでも軽口でもない。アウルス・アランは十二選帝侯の世嗣ぎとして格上の貴公子なのである。

だが、生まれる前から決まっていたともいえる運命をアランは意識したこともなかった。彼には彼の意思があり女性の好みもあった。剣と乗馬、頭脳を鍛えてきたのは、理想の女性の騎士となるそのためなのだ。情熱と浪漫《ロマン》をひめていた。黒曜宮の重臣で年が近く、親しい間柄のアトキア侯マローンがまず役目を第一と考える典型的な朴念仁《ぼくねんじん》なのとじつに対照的だが。アランのそれは氷の海の底にニンフの衣のひらめきを見、嵐の海にサイレンの歌を聴いた古代のヴァイキングの血のあかしかもしれぬ。その彼を惹いてやまぬ想い人を、モーゼスそれに父親アウルス・フェロンにもまだ知られたくはなかった……。

やがて——

騎士団は高い石組みの櫓《やぐら》の前に至った。海を背面にした難攻不落の大城塞――〈ノルン城〉は両翼に尖塔をそなえ、両翼が反りかえって見えることから羽ばたく鷲に喩えられもする。

門兵が〈鯨と剣〉の紋章を見分け、「アラン様のご帰還だ！」

城門をひらく滑車の音が重々しく響いた。

＊＊＊

「アランさま、軽食をお持ちしました」

旅装を解いて沐浴《もくよく》しているところに小姓がやって来た。

「気が利くな、ハルトは」

湯上がりの裸体を拭きながらアランは小姓を労《ねぎら》う。ケイロンの王侯貴族と異なって、アンテーヌでは世嗣であっても自分のことは出来るかぎり自分でやる習いである。

「お前また背が伸びたんじゃないか？」

小姓はアランより背が高かった。腕も太く筋肉のつきやすいたちのようだ。

「そうですか？」

若き主人の言葉にある羨望の響きに気付いたふうもなく、そばかすのある純朴な顔立ちをほころばせる。

「入団試験に通って、早くアランさまの騎士団に入りたいものです」

ハルトは十七歳。アンテーヌ騎士団は十八歳から入団を認められる。アンテーヌの騎士団はアンテーヌ人で構成されている。他所からの傭兵を受け入れない。頑《かたく》なともいえるがそれも民族の結束の高さとアンテーヌ選帝侯への篤《あつ》い忠誠のあらわれであろう。

「今回もお城での留守番役。退屈で死にそうでした」

「女帝陛下のお姿をその目で見られなかったのが残念だったんだろう？」

「お美しい方なのでしょうね？　オクタヴィア陛下は」

「そうだ。お美しく、威厳があって立派な女性《にょしょう》であったぞ」

「お美しく立派……？　アルビオナ女王のような方なんですね？」

アンテーヌにおいて「アルビオナ女王のような」は最上級の修辞である。アルビオナ――美貌と度胸と機略によって外敵の寝首を掻いた女傑。アンテーヌの少年はみな一度はアルビオナに恋心を抱くと云われるほどだ。その点は黒曜宮の寵児《ちょうじ》ともてはやされるアウルス・アランも例外ではなかった。

「オクタヴィア陛下のご様子はアルビオナ女王とはちがっていた」アランは少し悩んでから答えた。「陛下は光のドレスをお召しになっていた。イリスのような――そうイリスの女神のようであったな。――宰相のハゾス侯による演出も少しあったと私は思うが」

「……演出ですか？」

神秘と感動に舞台裏があることを聞かされて、ハルトはちょっと眉尻を下げた。

「ケイロニア初の女帝陛下であるからには、即位式の意義とは冠を授与するのみにあらず、臣民に権威を深く焼き付ける必要があるのだ。またケイロニアという国体が災厄から人的、経済的に再興しつつあるとはっきり示さねばならぬ。今回黒曜宮の目論見は成功したと私は感じた」

「ハア……サイロンの都では、私ごときには思いもつかない権謀やら術策が渦を巻いているのですね」

「ハルト、政事上の演出と陰謀はまったくちがうものだ。白魔道と黒魔道ほどちがう。それにもし陰謀が芽ぶいたとしても、グイン陛下の英断が断ち切ってくれるだろう、今回もその思いを深めた」

「ですが……そのご立派な豹頭王陛下も失策をおかしましたよね？　シルヴィア皇女は売国妃と呼ばれるようになり、不義の王子ともども行方知れずなのでしょう？」

アランは苦笑するしかなかった。サイロンを訪れたこともないくせに黒い噂を信じ込んでいる近習に。グイン王が臣民の前できっぱり噂を否定し、シリウス王子に対してとった処置は各方面に遺恨を残さぬみごとな手際だった。シリウス王子を騙《かた》って皇位簒奪《さんだつ》を目論むやからは出てこられまい。オクタヴィアの新政権にとって、亡きアキレウス大帝の唯一の男の孫の親権をケイロニア王が持っておれば盤石《ばんじゃく》だ。

問題は残っているが――

(シルヴィア皇女、豹頭王陛下の「シレノスの貝殻骨」の処遇は、すっきり解決というわけにはいかないだろうが。殿下ご本人が民からかくも嫌われている……。これはハルトにも云えないが、このまま永遠にケイロニアの表舞台から消え去ってくれたほうがよいだろう)

衣裳を改め髪を整え終えて、串焼きを食べるアランに、ハルトが問うた。

「他にサイロンには……アランさまのお心にかなう美しい貴婦人はいなかったのですか?」

モーゼスと同じせりふを聞かされ、アランは海ヘビを喉に詰めそうになった。

「ン……う、美しい貴婦人? そうだな、即位式にはたくさんの婦人がみえていた。春の浜辺のニシンのようにたくさん。みなそれぞれお美しかったが、ハルト――姿かたちが整っているから、いや女性に会ったから心がときめくというものではないのだ。恋とは何かこう神秘的な……力がはたらくものなのだ。そうだ――ヤーンに魂を持っていかれ、しばらく返してもらえなくなるような状態を云うのだ。私もハルトも魂はひとつしかないだろう? だからつまり、まことの恋にはそう簡単に出逢えないということだ」

とっさにアランがこねくりあげた理屈にハルトは感心したようだ。三歳年上の貴公子の、鍛えてもなかなか筋肉がつかない細身をみつめている。

（さすが、アランさまだ）

言葉に出さなくてもうっとりした目が云っている。

「まことの恋とは、ヤーンの司る運命の虜になるようなものなのですね」

小姓の言葉にアランは吹き出しそうになる。

「あんがい、お前は詩人だったんだな。騎士より吟遊詩人に向いているかもしれんぞ」

真に受けたハルトは哀しげに眉を寄せる。

「そ、そんな冷たいことおっしゃらないで下さい。アランさまの騎士団に入れなかったら、わたくし生きる望みがなくなります」

「冗談だよ。モーゼスがお前の馬術を褒《ほ》めていた。剣術のほうはもう一息だそうだが」

「ならば、本日より剣を振る回数を百回ふやします！」

表情をひきしめて云う。きらきらした一片の翳《かげ》りもない眼差しが、アランは少しこそばゆかった。

（偉そうなことを云っても私の場合片恋なのだがな。あの人は私にことづけひとつするでなく、サイロンを発ってしまった……）

ギーラ沖に座礁した船に乗っていた異国の女《ひと》。さっそうとした男姿とうるわしい藍緑《アクアマ》石《リン》の瞳、その面影をふりはらってからアランは云った。

「ところでハルト、私の留守中、母上にお変わりはなかったか？」

「……はい。マレーナさまに、お変わりはございません」

「そうか……」

アランはかすかに溜息を吐いた。

（母上のご病状と帰還令に関わりはないようだな）

美貌に安堵と憂いを同時に浮かべていた。

そのアランの許《もと》に別の近習が、父侯アウルス・フェロンから呼ばれていると伝えに来たのは、それから十タルザンも経たぬうちだった。

2

アウルス・フェロン・アンテーヌ。

ノルンの風に鍛えあげられた厳しく彫のふかい顔立ちと、鋼色の瞳を持つ。髪は銀白色、アウルスは亡くなった先帝アキレウスよりも齢は上だが、伸びた背筋や身のこなしに病や衰えは感じられない。

これまでアランは父からさまざまに薫陶《くんとう》を受けていた。父侯は彼に剣術や馬術の英才教育をほどこし、サイロンに出仕した際には連れあるいて選帝侯や宮廷貴族との親交を深めさせた。アランほどまっすぐに父親について歩んできた者もいなかったろう。

しかしサイドン城での十二選帝侯会議——オクタヴィアを皇帝に押し上げることになった皇位継承者の決定会議から事情が変わってきた。アンテーヌ侯アウルス・フェロンの名代として、十二選帝侯会議への出席、アキレウス帝の大喪の儀、そして新皇帝の即位式と選帝侯としての公務を替わって行なうことになった。

意志がつよく物怖じしない前向きな性格のアランであっても、アンテーヌの貴族、高官、すべての領民から慕われ忠誠心を捧げられるアウルス・フェロン——彼の号令のもとに数千の軍船が動く、アンテーヌ海軍の大元帥でもある——偉大な父の名代を担うことに緊張と重圧を強いられつづける。容易なことではない。周囲の期待に応えねばならぬ、恥ずべきざまは見せられぬと自負と自尊心で乗り越えてきた。

アランは持ち前の記憶力と集中力とで即位式のもようを父に語り伝えた。

「ヤーン大神官から燦王冠を受けるオクタヴィア陛下は闇夜を照らすイリスのようでした。美と光輝とに人々はみな目を打たれたように瞬きさえ忘れておりました——」

息子の報告を聞き終えた父侯はしばらく黙っていた。沈黙にさえ圧力があった。アランはテーブルに目を落とした。

テーブルにはすばらしい貝細工が置かれていた。海の大神ドライドンと良人《おっと》によりそう女神ニンフの像だ。海神の堂々たる姿といかめしい表情、丈なすニンフの髪の一本一本にいたるまで繊細に表現されており、細工師の苦心がしのばれる。〈ドライドンとその妻ニンフ〉の像は、アンテーヌでは結婚祝いに好まれる品だが、これだけの品物となると……だいいちこれだけ巨大な貝はめったにとれない。世界にふたつとない宝の像なのだった。

アウルスは口をひらいた。

「獅子の玉座に就かれたオクタヴィア陛下をこの目で見られず残念だが、臣下と民の前で臆することなくご自分の意見をおっしゃったと聞いて安心した。亡きアキレウス大帝のお志しを継がれ、立派な皇帝になられるだろう」

「オクタヴィア陛下は、お美しく、毅然とされて――どこかアキレウス大帝陛下に似ておられました。やはりご息女なのだなあ、と私にも納得がゆきました」

「してアラン、即位式でケイロニア王グイン陛下のご発言は無かったのか？」

アウルスはわずかに身を乗り出して訊いてきた。

「はい。意外でしたが、演壇に上られることはありませんでした。式典の間中、守護神であるかのように最上段にお着きになったまま、すべてが終わるまでお立ちになることもありませんでした」

「だが退場される際は下りられたのだろう？」

「はい。グイン陛下はそのまま控えの間にゆかれました」

「なぜ、グイン陛下は即位式で発言なさらなかったのだろうな？」

父の問いにアランはとまどいを覚えた。

「なぜでしょう？　……オクタヴィア陛下の発言に満足されたからではないでしょうか？」

冠を得たオクタヴィアは、「民こそ国の宝である。人材の育成を第一とする。そのため国と民との絆をより強める」と宣言した。実はこれは選帝侯の中でも賛否が分かれるところであり、財源をどこから捻出するのかアランは疑問に感じていた。

「こう申し上げたら不敬かとは存じますが、オクタヴィア陛下は理想に走り過ぎるきらいがおありです。それに弁舌が少々つたなかったとも……父上にしか申し上げられないことですが」本音を云った。

「わしもオクタヴィア陛下のご発言は少々軽はずみだと思った。だがそれよりもグイン陛下がオクタヴィア陛下のご発言を補わなかった点が気になる。常のグイン陛下ならば、黒曜宮の間に集った者をひとり残らずその弁舌によってご自身の――この場合はオクタヴィア政権の味方につけてしまえただろうに。それをしなかったのには何か理由があるのか……」しばらくアウルスは考え込むふうだったが。

「財源などひねり出そうと思えばいかようにもひねり出せるしな」

こともなげに云ってのけたアウルスにアランは心うちを射抜かれた気分だ。

(それは父上だから云えることで……今のサイロンは色々ときびしいと聞き及ぶ)

「グイン陛下の才覚をもってすればな。すべてに抜け目がない、サイロンの商人や職人どもを鼓舞し新事業を起こす算段をすでにつけておるのかもしれぬ……」

アウルスはつと奇妙な笑みを浮かべた。

「……グイン陛下には即位式で演説できない事情があったのかもしれぬな」

アランには即位式の豹頭王が替え玉だったなどとは想像もつかぬ。ただ――そのときの父侯の笑みが人を食った虎のように見えただけだ。

「いずれにせよ善きことだ」

アウルスはひと言にさまざまな思いと思惑をおさめたかのようだった。

「はい。グイン陛下を皇帝に推す声も諸処聞いておりますが、アキレウス大帝の娘子がケイロニアを継がれて、皇帝家の血の絆と十二選帝侯の秩序は保たれたと思います」

亡き大帝と父との絆がどれほどのものか、大帝の生前から父の側にいてアランは感じていた。否、他者に計り知れるものではないだろう。ケイロニア皇帝とアンテーヌ選帝侯という立場、内陸のケイロン人と海に依るアンテーヌ族との確執の歴史、忠誠や友誼《ゆうぎ》だけではない、さまざまな想いを内包したつながりがあったであろうと思えた。

皇位継承者会議において「中立の立場をとる」ことを明言した、父の胸の内をアランは誰よりも解っているつもりだ。十二選帝侯の筆頭であり長老格であるアウルス・フェロンの発言力は絶大だ。アンテーヌの一票は他の選帝侯の一票とはちがってくる。十二選帝侯会議の均衡が崩れることをアンテーヌ侯は危ぶんだのだろう。また十二選帝侯制度の理念を誰より尊んでいたからこそあえて中立を唱えたのだ。

（ケイロニア皇帝の決議にあって、アンテーヌが持論を押し通したり、他の選帝侯を意に従わせてはケイロニア建国の理念に悖《もと》る、と父上はお考えになったのだ）

もしアキレウス帝の意識がしっかりしており、いまわの際に後継者をはっきり名指し出来ていたなら、運命は別の人物の頭に冠を授けたのかもしれないが、すでにオクタヴィア帝の治世は始まっている。誰にも否やを唱えることは出来ないし、唱えてはならない。ヤーンにみちびかれ国と民が総意《こたえ》を出したとアランは思っていた。

「このたびも立派に名代を果たしてくれたようだな、アラン」

アランは視線を、純白の貝に刻み込まれたニンフの貌《かお》から、父アウルスへ向け直した。

アウルスの表情は満足げだった。

「来年まで待つこともないな。アラン、アンテーヌ伯爵を名乗るがよい。皇帝陛下にはすでに許しを頂いておる。麾下《きか》の騎士も必要なだけ増やすがよいぞ」

突然だったのでアランは驚いたが喜びは大きかった。

「ありがとうございます、父上」

二十歳のみぎりでアンテーヌ伯爵を名乗る。前例は少ない。名誉なことだし、父に評価されたそのことがまず嬉しい。だが手放しで喜んでもいられない。これまで以上の責任を果たさねば父の期待にこたえられぬ。アランはきつくくちびるを噛んだ。

アウルスは席を立つともの問いたげな息子の視線を横切って、壁の飾り棚から酒瓶をとってきた。

「これは？」

「沿海州の船乗りが好む酒だ」

「火酒《かしゅ》……」

アランにこの酒を教えてくれたのは海の瞳の想い人だった。

アウルスは酒をクリスタルの杯に注ぎ分けた。

「頂戴します」アランは一礼して杯を手にする。きつい酒精の香が鼻をさす。その名の通り炎が喉をつたい落ちるようだ。

「この酒はライゴール商人から購《あがな》った」

「ライゴール」

「ライゴールは沿海州の自由貿易都市だ。商人が国の代表をつとめている」

「――アンダヌスですね。沿海州会議のアンダヌス議長」

頷くアウルスは、息子が沿海州の版図と支配者に無知でなかったことに、しごく満足げであった。

アランはアンダヌスの人となりを、レンティア生まれの想い人から聞いていた。

「沿海州で最も頼りになる男」――それだけだが。アウロラの修辞《くち》が極端に足りないため、アランはアンダヌスを壮年の好漢と思い込んでおり、その名を聞かされると青い嫉妬心をかきたてられるのだ。ライゴールの蛙に対面したら腰をぬかすにちがいない。

「アンダヌスとはなかなか癖のある男のようだな」

……父まで褒めている。ふた口目の火酒はいささか舌に苦かった。

「この火酒一本を百ランにて売りつけてきた」

「百……」

アランは呆れて言葉が出ない。

アンテーヌ侯の子息は世間知らずではない。物の価には相場があることも学んで知っている。百ランあれば快速船が買えてしまう。極上のカラム酒でも十ランはしないだろう。もともと火酒はそんなに高価な酒ではない、甲板走りでも気安く飲めるものだ。

「驚かせたかな？　この酒の代金には訳があるのだ。情報料が上乗せされておる」

アウルスの眼光が鋭く深くなる。

「いったい何の情報です？」

「沿海州の情勢を知るための情報だ」

アランの胸を突き刺す言葉、国名だった。沿海州、レンティアもまたレントの海に依る国のひとつだ。

「ひと月ほど前、あやしい話を、沿海州廻りの船の船長から聞いた。その者はアンテーヌ人だが、昔なじみがモンゴールのロス港からレンティア岬を廻る航路に就いており、その者はもっぱらヴァラキアやヤガに人や荷を運ぶ仕事を請け負っていたが、その流れが奇妙すぎるとのことであった。客船にしても商船にしても、一般に人と荷を運べば帰りの航路では何かしらまた積み込むものだが。ヤガへの船旅では人を降ろしはしても、ふたたび乗ってくる客がいない。積み込む荷もない。ヤガという小さな都市がまるで人や物をすい込んでいるようなのだ——とこの話を聞いたときわしの胸のうちがざわめいた」

「それでアンダヌスからヤガについて有益な情報を得られたのですか？」

「アンダヌスもあやしんではいるそうだが、真相と云える確たる情報は未だ得ていない。何か解ればすぐに報せると確約は得ている」

　アランはかすかに脱力感を覚え、

「なぜ、父上は沿海州の、ヤガなどという街をそこまで気にかけるのですか？」

　アランにとって「ヤガ」とは、かろうじて地名だけを知る程度の存在だった。

「なぜであろうかな…」アウルスは皺ぶかい両手を組み合わせていた。「レントの海沿いの街、ゆかりなど何ひとつない。強いて云えばわがノルン海とレント海とは海の兄弟である——そのことが頭から離れぬからかな」

　アランはアウルスの目をのぞき込んで不安をおぼえた。

（父上も老耄《ろうもう》しているのでは？）

「海の兄弟」への感傷から、ライゴール人に百ランをむしりとられるとは、聡明で知られるアウルス・フェロンらしくもない。

「約束をしたのだ、海の兄弟の約束をな」

「誰とです？」

「ゴーラ王国宰相カメロンとだ」

「カメロン……」

アランは目を大きく見開いた。

先年アウルスは和平条約・同盟通商条約を締結するため、使節団の全権大使としてゴーラにおもむいている。紅の傭兵イシュトヴァーンが一代で築いたゴーラ王国の野望が、このさき中原の火種にならぬよう、故アキレウス帝とケイロニア王グインは先んじて手を打ったのだ。

不在のイシュトヴァーン王に代わって、使節団を迎えたのが留守をあずかる宰相のカメロンであった。アウルスはカメロンから礼節にかなったもてなしを受けたが、結果的に調印に至らなかったのはイシュトヴァーンが帰国しなかったからだ。折あしく黒死病流行の報を受けアウルスも帰国の途についた。

「カメロンはイシュトヴァーンの国づくりに参与するため、ヴァラキアの海軍提督の地位を辞した。だがその魂は海を忘れ去ったのではない。もしロータス・トレヴァーンの許しがあれば死ぬ前にもういちどオルニウス四世号に乗り込み、レントの海を帆走したいと語っておった」

なぜかそのとき、アウルスの言葉が亡き者を偲ぶかのようにアランには聞こえた。

(父上はカメロンに友誼を感じておられるようだ。成り上がり、野盗の集団とさえ云われるゴーラの宰相を船乗り仲間のように語っておられる)

アランには意外だった。使節団代表としてアウルスはカメロンについて「油断ならぬ施政者」「イシュトヴァーンの野心がどこに向かうのか、言葉の端にものぞかせない古狸」として警戒するべき人物と語っていたからだ。

このときふいにアランの脳裡に、宝石のような青い青い――瞳の持ち主が浮かんだ。アウロラ、沿海州レンティアからやって来た異国の娘。胸をサラシできつく巻いた男装でありながらアランに二度目の恋心を――アルビオナ以外はじめて焦がれる想いを抱かせた。彼女の口からもカメロンの話を聞いていた。レントの波を蹴立てて走る三本マストの快速船の舳先《へさき》に立つ、壮年の、レントの海の兄弟たちから「英雄」と呼ばれる男であったと……。

「――アラン、聞いておるのか？」

オルニウス号とカメロンの雄姿から、アランを引き戻したのはアウルスの声だった。

「は、はい父上」

「ゴーラはまだ若く荒削りな国だ。国としてやっと体裁が整ったところだ。イシュトヴァーンの麾下は出自もさだかならぬ荒くれ者ばかり。内政大臣を兼務するカメロンの下で働く文官はユラニア人。イシュトヴァーン王の後継者もまだ正式には決まっておらぬ。

ドリアンという男児がいるが、その母親である前大公はイシュトヴァーンに自害に追いやられたと聞いている。モンゴールの遺臣はイシュトヴァーンの跡目を継がせたいと思ってはおらぬだろう、反イシュトヴァーン勢力の旗頭に担ぎ上げんとも限らぬ。その上ゴーラ王の性格はうわさ以上にやっかいなようだ。引き止めるカメロンを振り払ってパロに向かったと聞く。猛々しく急変しやすい。まるでノルンの嵐だ。カメロンの気苦労は想像するに余りある。わしの目には陸《おか》の城にとらわれた海鷲とも思えた」

アウルスの目は遠く何かに注がれるようだ。

（父上はカメロンに同情しているのか？　……共感を覚えておられるようにも見える）

アウルス・フェロンは少年の頃からアランの英傑だ。冷徹な頭脳、深い洞察力、常にドライドンのようにどっしりと構えるアウルスが他国の宰相に感傷を寄せている……。

（父上は衰えられたのだろうか？）

再び不安に囚われたアランをアウルスの言葉がひきもどした。

「アラン、おまえは魔道についてどう考える？　ササイドン城で目のあたりにしたのだろう」

「えっ……」

いきなり話題がササイドン城の事件へ急転して、アランはのどを詰まらせた。ササイドン城の会議のさなか、ダナエ侯毒殺をしくんだと疑わしき者を追いつめながら、魔道の目くらましに遭ってその男を死なせている。陰謀の黒幕はわからずじまい。はじめて魔道の威力とおそろしさを見せつけられた……。現実《うつつ》にありえぬものをどう云い表わせばよいものか、アランが言葉に迷っているうちに、

「アラン、魔道ならば人を変えてしまうことも出来ると思うか？」

「人が……それはどういうことです？」

「カメロンが会見の折りに、イシュトヴァーンに成敗されたアリという軍師について語ってくれた。すぐれた智略の持ち主であったが、じょじょに狂気じみた行動をとるようになった。まるで毒が頭《つむり》にまわったように残忍な殺生《せっしょう》を重ね、主イシュトヴァーンの怒りを誘い討たれたという話だったが、人間を変えてしまう魔道があるなら、そのような理に合わぬことも起きようかとふと思ったのだ」

「父上……」アランはごくりと唾を飲みおずおずと、「それは……母上のことを……おっしゃっておられるのでしょうか？」

「違うぞ、アラン」

アウルス・フェロンの声は厳然と響いた。〈ノルンの荒鷲〉の主の峻厳な眼差し。アランは一瞬でも老耄を疑ったおのれを恥じた。

「いや、マレーナのことがあって考えるようになったのかもしれぬ。わしは長らくアンテーヌもケイロンも無くケイロニアの剛健な精神に魔道のつけ入る隙はないと信じてい

た。だがそれこそ油断というものだった。猫の年の黒死病やサイロンの売国妃でっちあげ、サイドン会議の攪乱、それら事件を陰で結ぶものは、ケイロニア建国からの尊い精神をけがし潰さんとするよこしまな思惑と思えてならぬ。ディモスがグインに信任を投じなかったことも合わせてな」

「あ――」

アランはさらに目をみはる思いだった。そうなのだ、グイン王を皇帝にとの思いは中立をとったアウルス・フェロンも、無論股肱《ここう》のハゾスも、アンテーヌ侯の娘婿たるワルスタット侯ディモスも心をひとつにしているとばかりアランは思っていた。パロ駐留中のディモスが不信任を送り付けたことに驚かされた。

だが、ディモスがグインを選ばなかったのは皇帝家の血統を重んじたゆえと考えていた。よもや魔道の介在などアランには思いもよらなかった。

「アクテからの便りに、くり返し、夫の心が変わってしまったようだと嘆きが綴られていた。生まじめで子煩悩の婿殿めが、パロ女と浮気でもしたかと疑ったが、パロ――パロと云えば魔道王国。不審ないくつもの符牒が合わさり怖るべき真相につながる――と考えたまでだ」

(父上の考え過ぎです) とは云いだせなかった。

云いだせぬままアウルスと目を交わしたまま時を過ごした。

しばしのちノルンに向いた広い窓からの光が鈍くなった。冬雲が厚く張り出してノルン城を覆い尽くしたのだ。

ほどなくして激しい白光がはためいた。

雷が海面に落ちた数瞬《タル》のち、轟音が城内にひびきわたった。

ノルンの落雷はめずらしいものではない。アランもアウルスも眉ひとつ変えなかったが、

「きゃあああぁぁ。いやあぁ――っ！」

甲高い女の悲鳴を聞きとったとき、父子は同時に顔色を変え身構えた。

「母上のお声が……」

アウルスはうなずき座席から腰を浮かせた。

音を立てて扉が開き、白いガウン姿が飛び込んできた。

パロのレースをふんだんに使った絹の寝衣にやせ細った体をつつんでいる。長い金髪はゆたかで卓上のニンフ像のようだ。皮肉にも。

「あなた……！」

叫ぶなりアウルス・フェロンにしがみつく。細い手を背中に回し、きつく指をたてている。それはまったく雷におびえ取り乱した少女のふるまいであるが……

アウルスにしがみついて震える者の、ほそい肩にアランは手を置いて、

「母上、大丈夫ですから」

「誰なのです、お前は？」

女はするどく叫んでアランの手をふり払う。払われたとき爪の先にひっかかれ手の甲に赤い筋が走った。

「無礼者っ、さわるでない！」

啞然とした表情を浮かべる以外アランになすすべはなかった。

昔日の美貌がしのばれる女の細面が今はあわれだった。美貌にアウルス・アランとの相似がみてとれる。アランは母親似なのだ。

だが――

アンテーヌ選帝侯夫人の目に今あるのは、見知らぬ他人への嫌悪と恐怖でさえあるのだ。

「マレーナ、落ち着きなさい。何もこわがることはない。雷はそなたをとって食ったりはせぬ」

アウルスは妻の背中をさすりさすり、怯えた少女に対するように云い含める。

「この男は悪者ではない。そなたとは縁続きの者だ。そなたを害するはずないだろう」

「こわい、こわいわ。あなた、こわくてたまらないの…ああ！　アウルス公子さまぁ」

（母上）

父に取りすがり泣きじゃくる母をみつめる、アランの目は暗然としていた。精神が後退しハルトの云った通り、アンテーヌ侯夫人マレーナに変わりはなかった。アランが誰なのかもわからない。夫のアウルスを結婚したばかりの青年だと思いこんでいる。

（ヤーンの虜……それともこれはドールの呪いか？）

上品で淑《しと》やか、その美貌を受け継いでいることも子供の頃から誇らしかった。その自慢の母はもういない。「子ども返り」の病に奪われてしまった。邪神のしわざとでも思わぬことには家族には受け入れがたかった。

愛妻の病変はアウルス・フェロンの生き方を変貌させてしまった。マレーナはアウルスの姿が見えないとなると半狂乱に陥る。泣き叫びながら城中を探しまくるのだ。顔が見えないただそれだけで命を断とうとする。アウルス以外誰の手にも負えなかった。

マレーナの発病は黒死病流行とほぼ同時期に起きた。アウルスがゴーラ使節団と共にサイロン近郊で足踏みをしていたとき、モーゼスが早馬で報せに来たため、アウルスは黒曜宮を素通りして帰国に踏み切った。グインが黒死病の終熄宣言を出したのちも、アウルスはマレーナに付き添った。

アウルス・アランが父の名代をつとめるようになったのには、やむにやまれぬ事情があったのである。

3

丸みのある天井には咲き乱れる花々、そしてロザリア、マウリア、ラヴィニア、マリニアの枝をそれぞれ捧げ持つ美しい少女たちが描かれていた。

四人の花の精に見下ろされ書き物机に向かっている男は瑕瑾《かきん》のない美丈夫であるが、蜜蠟《みつろう》で封緘《ふうかん》がされた書簡の封を手で破るのはいささか作法に反している。パロ貴族なら瀟洒《しょうしゃ》なナイフを使って開くところ。せわしなく取りだした書状を男は一読すると、ガタンと音を立てて椅子を立ち上がり後ろに立つ者に叫んだ。

「フェリシア！　ラカントがロウエンが失脚したと伝えてきましたよ」

失脚という言葉を特に強調する。

「そんな大声を上げるようなお報せかしら。ラカントさまからの……今度は間違いはなくて？」

対照的に女の眼差しは冷ややかに冴えている。

「たしかな情報です。ロウエンは鉱山監督官として、ロンザニア侯カルトゥスからたいそう信頼されていましたが、取り繕《つくろ》いようのない不始末をしでかしたのです」

「監督官のことはせんに伺っておりますわ。ディモスさま。取り繕えない不始末とは、いったいどのようなことでしょう？」

銀髪の美女は柳眉《りゅうび》をひそめ、サルビアを薫《た》き込めた扇子で口もとを隠しつつ問うた。今宵は古典的な寛衣《ローブ》はまとっている。神話の女神が着るような両の肩から二の腕があらわになる型取り。上半身を覆い隠す練り絹の分量は少なめだが、裳裾《もすそ》を長く床にひく姿はイーラル鳥の尾羽のように優美だった。結い上げた髪に差した真珠の櫛《くし》には、小粒の宝石がちりばめられている。たいそう凝った作りである。

最高級の美女にふさわしい装身具。部屋の装飾も調度の類《たぐい》もすべて選りすぐりの逸品が揃えられている。

典雅と美の館。だが――

竜王と結んだゴーラ王に焼き尽くされたクリスタルにあって、フェリシア夫人の館だけが炎と煤塵《ばいじん》をまぬかれ、大理石の肌に血のしみひとつ付いておらぬのもあやしすぎる……。

「ロウエンのせいで、ロンザニアとの同盟が、豹頭王の知るところとなりましたからね。何かしら咎《とが》めがあって当然だと思っていましたよ」

ワルスタット侯ディモスは小気味よさそうに云った。

彼はオクタヴィアの皇帝即位式が終わるや否や、パロの愛人の館に直行し、秘密同盟のことや黒鉄鉱値上げをそそのかした顚末を内心不安がっていたのだが、ロウエンの失脚によって憂さが晴れたかのように、

「ロウエンめの失脚は、あれも功を奏したのでしょう」

「あれとは？」

「即位式の舞台裏でカルトゥスにささやいてやったのです。侯ご自慢のラヴィニアの花に劣情を向ける不届き者が侯の身近におります——と、それは懇切丁寧に教えてやりました」

「ラヴィニアの花——ロンザニア侯の息女といえば、〈煤《すす》かぶりの姫君〉のことですわね？」

フェリシアは煙るような眼差しを宙にそそぐ。

「そうなのですよ、フェリシア。そのロンザニア選帝侯の一の姫にロウエンは懸想《けそう》し、見合い相手のマローンを妬んで命じられもしないのに殺害をくわだてた。しそんじたあげく、ラカントと密会しているのをそのアトキア侯の騎士団に目撃されたのですから、大間抜けもいいところだ」

ワルスタットとロンザニアの秘密同盟を漏らしたのはエミリアだが、ハゾスは機略を弄し、ロウエンがアトキア侯の殺害を企てた動機を「エミリア姫に恋慕していたため」

としてディモスの怒りと恨みを姫からそらした結果であった。

「まったく愚かな男です、ロウエンとは。鉱山監督官という身の程もわきまえず選帝侯の姫君に恋慕するとは――いま身分ちがいと云いましたが、考えてみればケイロン生え抜きのアトキア侯より似合いの一対かもしれませんがね。――そうそう、それで私はカルトゥスに云ってやったのですよ。ロンザニア侯に重用され、きゃつは増長したにちがいない。あわよくば息女《めと》を娶れるかもしれぬ妄想をいだいたのだろう。いやいや、下種《げす》は思うより先に手が出るもの。下種の男と深窓の姫君――と云えば、ケイロニア宮廷では記憶に生々しい。シルヴィアさまは立派な夫君のある身で、こともあろうに御者のなにがしに厩にひきこまれ淫ら事を共にしたということがありましてね。若い娘の一日を見張って行動を縛りつけるなどヤーンにも出来ぬ相談だ――とカルトゥスをおどかしたところ、真っ青になって膝を震わせていましたよ」

ディモスは口の端をつり上げていた。

「まあ……」

フェリシアの美貌に憂いの影が濃くなる。顔も知らない異国の娘であっても、讒言《ざんげん》によって不幸が生まれるなど……気分のよいものではない。

それに、ハゾスがエミリア姫を守るためとっさにひねり出した虚言《うそ》を、ディモスはかなり歪曲した上でカルトゥスの不安をことさらに煽りたてたのだから、たちが悪い。

「私の言葉を真に受けたカルトゥスは、ロンザニアに戻るや否や――いやはや面白いことになりました」

「面白いとは、どんな？」

臈長《ろうた》けたデビに下世話な好奇心ほど似合わぬものはない。が、フェリシアは首を伸ばしてディモスが手にした書状をのぞき込む。

燭台の灯りに誘われたように黒い蝶が舞い込んできて、フェリシアの背後をひらひらと舞った。

「イトスギのうろからボッカの駒が出たとはこのことです。容貌魁偉《ようぼうかいい》、下賤な鉱山監督官は真《まこと》に、〈黒い山〉の高嶺に咲くユーフェミアに惚れていたのだそうです。カルトゥスに訊問され吐きました」

「惚れる」だの「吐いた」だの、あまりに品のない発言に及ぶ愛人に、フェリシアは呆れ果てた目をそそぐが、ディモスは意に介したふうもなく白い歯を見せる。

ディモスは訊問と云っているが――

即位式から戻ったカルトゥスはロウエンを呼び出し、同盟をアトキアに漏らしたかと、こちらの方が大ごとであるエミリア姫への懸想をきつく問い質した。ロウエンは頑として口を割らなかったため役人に地下に引き立てさせたのだ。拷問場のある地下へ、である。

ロンザニアは先般、特産品である黒鉄鉱の値上げを黒曜宮に通達した。突然のしかもきわめて高利の値上げを問うため、エミリア姫との縁談をもちかけられたアトキア侯マローンが遣わされたのだが、その視察では値上げの撤廃も明解な回答も得ることはできなかった。その折りマローンの応対をしたのがロウエンであり、監督官としてきわめて有能、黒鉄鉱の製造過程を質問されても即座に能弁に答えてのけた。しかし性質は過酷にして冷血、製錬所の働き手への非情な仕打ちを目のあたりにしたマローンがこの事実──許嫁《いいなずけ》同様の姫君への横恋慕──を知ったなら激しく驚かされたにちがいない。

ともあれ──

真昼の黒曜宮、王妃宮の回廊を騒がせたような不祥事が、〈黒い山〉を擁するロンザニアで起きるはずなどない！　とカルトゥスが潔癖に否定しきれたなら以降の悲劇──面白いどころか災厄にもひとしい──は起きなかっただろう。

ロウエンがエミリア姫に劣情を向けていた！

ディモスから注ぎ込まれた黒い言霊に、カルトゥスは頭《つむり》をすっかり染められてしまった。

実の娘より第三者の誹謗《ひぼう》を信じるとは父親失格であるが、ディモスに指摘された通り、黒鉄鉱問題に端を発したアトキア侯視察団の応接に多忙をきわめていた時期でもあり、もとより妙齢の娘が普段どのように過ごしているかなど皆目わからなかった。親の目の届かぬところで、煤にまみれた手が純白のラヴィニアを――悪夢を見る思いだった。

しかもしかもである。マローンが視察を終え帰国してから、エミリア姫には何がなし変化があった。思い悩むようすで自室に閉じこもる日が多く見受けられた。疑念がカルトゥスのうちに、もくもくと製錬の煤より黒く吹き上がった。

（まさか、まさか、まさか――エミリアにかぎって……！）

否定すればするほど、昼日中にも悪夢はおぞましい様相を脳裡に描くのである。不安がつのって狂おしい気分を煽りたてられる。

（やっと、ようやっとロンザニアと選帝侯の縁組みが相成るというときに、これはドールの呪いなのか？）

先祖代々〈黒い山〉を治めてきた鉱山王の末裔《まつえい》には、十二選帝侯としてひけめがあった。先祖は鍛冶の一族、煤をかぶり鉄鉱を鍛え上げてきた一族の末裔は、他の選帝侯よりも格が落ちるのではないか？　ケイロニア建国このかた、ロンザニアに嫁いできた皇帝家の姫はいない。他の選帝侯家との縁組みもなかった。このほどついにアトキア侯との縁《えにし》がむすばれるという矢先に、一の姫と下賤の馬の骨との間に醜聞など――言語道断の不祥事である。

地下の一室で鞭打たれ水に漬けられる、一通り拷問が終わったロウエンのようすを、カルトゥスは窺《うかが》いに行った。屈強な肉体の持ち主は全身傷だらけながら持ちこたえていた。意識もうろうとしているが心臓に別状はない、眠りとの境をさまよっているようだったが――

「エミリアさま……」

うわ言に呼ばれた名をカルトゥスが聞きちがえるはずがなかった。
激昂したカルトゥスは鞭でなく、鋼の棘《とげ》を植えた棒でロウエンを打ち据えた。皮が破れ血が吹き出し見るもおぞましい様相を呈す。若い牢番が吐き気をもよおすほど、それは酷いものであった。ついに――ロウエンは自白した。

「アトキアの小僧が憎くてやったのだ。櫓の柱に細工をし、溶鉱炉をのぞき込んだところで煮えたぎる銑鉄の海に落としてやろうと思った」

もはやカルトゥスはアトキア侯暗殺などどうでもよかった。

「エミリアに……下賤の生まれをかえりみずわが娘に懸想したと申すか？」

震え声で問う父親の顔を、血と脂汗にまみれた罪人は見返した。キタイ人を思わせる男の目によぎったのは、ひらき直りと、今までの功労に対しこんなむざんな形で報いた主人への憎悪であったにちがいない。

「下賤の身が高嶺のラヴィニアを望んで何が悪い？　あの白い肌赤いくちびるを欲したことは罪か？」

「云うな、痴《し》れ者！」

すでにこのときカルトゥスの手は剣の柄に伸びていた。

「云ってやる。娘の着替えを覗いたこともある。姫の胸の間には黒子《ほくろ》があるのだ」

溶けた銑鉄に化していたカルトゥスの頭《つむり》は一気に爆発した。ヤーンの娘ティアの炎のふいごが、煽りに煽りたてたのだ。おのれ自身が侮辱されたよりその怒りは激しかった。

「忘恩はなはだしき慮外者《りょがいもの》め！　それ以上汚らわしいことはドールの法廷で云うがよい！」

黒鉄鉱の鋭利な刃がロウエンの首筋の血管《ちくだ》を切断した。

カルトゥスの逆上が取り調べを中絶させてしまった。それ以上裏付けとなるものは出てこなかった。死の直前に吐かれた呪うような言葉以外、何ひとつ。そして呪いのせりふはカルトゥスの内面に食い入り心を食い荒らした。

ディモスの毒のある言葉も効いてくる。下種は手がはやい。ケイロニア皇女さえ色事師にたぶらかされている。エミリアの様子は最近変だ。親の目が届かぬところで娘は何をしているのか……

（ああっ！　想像するだにおぞましい、ヤヌスもヤーンもあったものではないわ！）

いったん植えつけられた毒の棘をひき抜かなければ、食事も好きな酒も喉を通りそうになかった。この辛い状態から抜け出したい、おのれの心の平安を得る解決法を奥方に求めたのだ。最もしてはならぬことであった。

カルトゥスは夫人に「万にひとつもあり得ないこととは思うが」と前置きだけはして、エミリア姫の黒子のことから一切合切を聞かせてしまった！

ロンザニア侯夫人は良人《おっと》によって、ドールの毒の息を吸ったらかくあろう劇症的拒絶反応をひきおこさせられた。

夫人は眼《まなこ》をみひらき、ふくよかな体をがくがくぶるぶる震わせた。異状に気付いたカルトゥスが慌てて抱き起こしたとき、夫人の目は焦点をむすんでおらず、口からとめどなく泡とともに呪詛《じゅそ》めいた言葉を吐きだした。

「なんて！　なんてことをおっしゃるの、あなた!?　あたくしが大切に大切に、夜風にも当たらぬよう丹精して育ててきた一の姫に、そのようなおぞましい……云いがかりだわ。よりにもよって下賤の男となんて……ありえない、ありえません！　ああ、口にするのも、考えるのさえ汚らわしい。そんなこと訊けません！　そんな破廉恥なこと訊けるはずがありません……けれど、もしっ、もしもそのけだものと何かあったとしたら……！　いいえエミリアは賢い娘です、そんなふしだらも油断もつけ入る隙などありません。魔がさすことなど絶対ありません。ゼアの女神がゆるさない！　ただ……シルヴィア皇女のことがある。黒曜宮の奥に育った皇女さまの操《みさお》が……大不祥事、醜聞は現に起きている……！　だからといって我が子にかぎってそんなことはありません。ですからエミリアには問いません。もし無理にでも訊けというならこの場であたくしを殺して、あなたその剣で刺し殺して！　お願い、殺してあなた」

カルトゥスは、「こ、これレイア。これはロウエンが末期《まつご》に口にした虚言なのだ、疑うまでもない嘘だ嘘だ嘘なのだ」となだめすかしたが、

「あたくしのエミリア、エミリアァァ……！」

夫人はとり乱し泣きじゃくって、いっかな手に負える状態ではなかった。

その騒ぎように聡明なエミリアが気付いてしまったのだ。母のとりとめない譫言と父の狼狽《ろうばい》とから、おのが純潔を疑われていることに。彼女は気付いてしまった。

実の父親から貞操を問われ、きっと父の目を見据えエミリアは云った。

「お父さま、あたくしの胸に黒子はありますが、そのようなこと侍女も知っていること。ロウエンとは同じひとつ所に留まったことさえありませんし……。もし言葉では信用できないとおっしゃるなら、侍医の老先生に診察してもらい潔白を証明いたしましょう」

気丈に云いきってから、安堵の表情を浮かべた父親をその場に残して自室にもどり、内側からかんぬきを下ろした。この瞬間、繊細な娘の心は実の父をも完全にしめ出していた。

（……無理だわ。もうこれ以上一タルザンたりともこの城にはいられない。居たくない）

蒼白のおもも ち、くちびるをきつく噛み締め、震える手で羽ペンをとった。許婚者に

——今や肉親よりも慕わしくなった青年に救いを求めるため。

エミリア姫の心の傷など知るよしもないディモスである。フェリシアからいつものカラム酒を杯に注がれると上機嫌で、

「カルトゥスから同盟破棄の報せは来ていません。黒鉄鉱の件はロウエンひとりにかぶせるつもりでしょう。もとより持ち上げられると気が大きくなって何でも受け入れ、自分から大きな決断はできないのですよ、カルトゥスという男とは」

「ではロンザニアとの同盟は変わらない、何かことが起きた場合、ワルスタット——ディモスさまのお味方になることは反古《ほご》にはなっていないのですわね」

燭台を離れた蝶は彼女の肩のあたりをひらひらしている。

「それよりも、ラカント殿はまだロンザニアに留まっているの？　危険なのではありませんか？」

「いえ、ロウエンの失脚を知った時点で領地を脱したそうです。今回の書状には次の調略地に参ることがしたためられています」

蝶の影がすいと横切った。

「それは、どちらの？」

フェリシアに答えるディモスの息は酒臭かった。

「アンテーヌです。わが舅《しゅうと》どの、十二選帝侯筆頭のおさめるノルン海の要所だ」

＊　＊　＊

哮《たけ》る風音、激しい雨。

そして、荒れ狂う海面。

天空から投げつけられる光の槍が、波立つ海面に青ざめた閃光を撒き散らす。そして――おそろしい轟音。

ダゴンの一族と海神ドライドンが戦をくりひろげているかのようだ。

悽愴《せいそう》な景色を横目にして、海沿いの道を駈けぬける騎馬が一騎。

旗手はのっぺりした貴族的と云えなくもない顔立ちの男で、雨よけのマントに身をつつみ、つばのある帽子をかむっている。口の端がわずかにつり上がっている。が、帽子にもマントにも雨水がしみこんでいる状況で微笑は奇妙だった。あやしい表情である。

それに帽子からのぞく目は冷ややかでするどい。

男の目は前方に見えてきた壮大な城塞――海城にひたと向けられている。

ずぶ濡れのマントはかなり黒ずんでおり、嵐の中を長く走ってきたことを告げている。

馬具には剣と林檎《シルア》の意匠、それはワルスタット侯の紋章であった。

4

柱廊のある広い城の入り口に、その男の声はやけに晴朗にひびいた。

「いやはや参りました。このように急な天候の変化はワルスタットにはありません。一瞬で馬から何からびっしょびしょの濡れねずみ《トルク》になってしまいましたよ」

マントからしたたる雨水で大理石の床に大きな水たまりを作りながら、ワルスタットの使者はにこやかな表情を崩すことはなかった。

貴族風に切りそろえた髪はさほど濡れてはいない。手にした旅行用の帽子がぐっしょりだ。顔立ちは端正の部類にはいるだろう。ただ……

ワルスタットの伯爵だと名乗った者に、アウルス・アランは初対面から奇妙に不自然な――ありていに云うと不審の念をいだいた。

「ラカント伯におかれては、たいへん難儀な道程でございましたなあ」

かたわらの老騎士モーゼスが、若い主になり代わって労いの言葉をかけるが、その言葉のひびきに常の重厚さはない。アランにはわかった。

（モーゼスもあやしんでおるのだ。この時期の訪問とその意図を……）

アランの姉、アンテーヌ侯アウルス・フェロンの長女アクテはワルスタット侯ディモスに嫁いでいる。であるからアンテーヌとワルスタットの間を使者や、時節の贈りものはひんぴんと行き来している。

アンテーヌからは新鮮な海の幸やカメオの細工物が贈られ、ワルスタットの返礼は名産の林檎《シルファ》などの果実が木箱に詰められ荷馬車で運ばれてくる。むろんアクテ夫人の手になる両親の健康を気づかう心づくしの手紙が添えられて。

しかし今回の使者のようすは奇異だ、平素からの家同士の交流とあまりにも違いすぎる。アランのうちに不穏な何かが広がっていた。

アンテーヌ侯は平時においても物見櫓に番兵を置き四方に気をくばっている。

見張り番は嵐のさなかに北側の海沿いの道を走る騎影を認めた。

しかし――

このたびの使者は正門にてワルスタット侯の紋章を提示して開門を申し込んだとき、番兵の「北側の道を使われたのか？」と問われて、すかさずこう答えている。

「いや、南からだ。ワルスタット街道を通って来た」

このやりとりはアランにも伝えられていた。

（――嘘だ。物見の兵は北側からの一騎しか見ていないと云っている。北と南を見間違うはずなどない。ワルスタットの使者殿は、なぜ南から来たなどと――嘘を云うのだ？）

南からのワルスタット街道を使うのは当たり前。その当たり前の道を使わなかったのには何かしら事情があるはず……姻戚《いんせき》であるワルスタット侯の使者にそれまで一度も覚えたことのない不信感を、アランはラカントという伯爵に覚えた。

アランの近習ハルトが、ラカントから濡れたマントと帽子を受け取り、別の小姓が乾いた布でもって使者のブーツを拭いたので、廊下がそれ以上濡れることはなかった。

アランはラカント伯の横顔をうかがい見て不審の念をつのらせていた。

（この男、にこやかなのは表層だけ、まるでうすい仮面を張り付けているようだ）

しかしこの油断も信用もならない者は、ワルスタット侯の正式な使者のしるしを携えてきていた。アウルス・フェロンから城中に招じ入れるようアランは命じられていた。

「アンテーヌ侯アウルス・フェロン閣下には初にお目通りつかまつります。ワルスタット侯より伯爵としてリュイエル城をまかされる、ラカントと申します」

「ラカント伯、悪天候をおしてよくぞ参られましたな」

前触れなき、あやしげな使者に対面しても、アウルス・フェロンは海神ドライドンのように威厳に満ちて見え、アランは改めて父侯を頼もしく誇らしく思った。

ラカントはアウルスの向かいの席に着く。軽い食事とカラム酒と酒肴が供される。

「さすがアンテーヌは海の国ですな。生の牡蠣などそれがしはじめて口にします」

ラカントは彩りも美しく盛りつけられた皿を褒めそやし、海の幸に「旨い、旨い」と舌鼓を打つ。そのあいだアウルスとアランは無言で酒杯をかたむけた。

「アンテーヌの方は酒にお強いようだ。そちらの杯は火酒ですね？」

透明な酒をさしてラカントは云う。

「いかにも沿海州産の火酒です」とアウルス。

「それがしにも御酒を下されませ」

目上の大貴族に酒をねだる作法をラカントは心得ていた。アウルス手ずから杯を満たしてやる。ラカントは杯をひと息に干した。

「ふう、さすが火酒は効きますなあ」

「ついては、ラカント伯――」

アウルスの声音が変わった、とアランは気付いた。――張りつめた表情にも。

「わが城を訪れるに際し、北側の海沿いの道を使われたのであろう。物見が確認しておる。なぜ南の街道から来たと云われたのか」

アウルスはずばりと核心を突いた。アランは窓外の荒天のようだった胸のすく思いがしたが、

「門衛からも問われました。はて北からと南からと通行のちがいに、アンテーヌではこだわりか禁忌でもあるのですか？」

ラカントに悪びれるふうはない。白面に酔いはほとんど出ず、目の光は冴えて冷たい。

「北の道はロンザニア領につながっておる。ラカント伯はロンザニアでの用件を果たしおえてアンテーヌに来たのでは？」

アウルスの声は静かだったが、どっしりした構えに威圧感があった。老いてなお十二選帝侯筆頭たる威風に衰えはない。ラカントがドライドンに睨まれる鮫《ガーヴ》のようにさえアランには見えた。だがこの鮫は一筋縄にはゆかなかった。

「ロンザニア領を通ってアンテーヌに入った——それだけで怪しまれるのですか？　名誉ある十二選帝侯のひとりにして、アンテーヌ侯のご息女アクテ殿の婿である——義理の息子ディモス殿から信任を受けているそれがしを？」

「ロンザニア侯カルトゥス殿は黒鉄鉱の値上げを黒曜宮に通告したと聞いておる。しかも高利の値上げを——。カルトゥス殿は愚かな人物ではない。値上げの強行によって黒曜宮だけではないケイロニア全体に悪影響を及ぼすと考えぬはずがない。だが、もしこの値上げが誰ぞかにそそのかされたものだとすれば話は別。おぬしは、ロンザニアに入り、そしてこのたびはアンテーヌに使者として来た。わしの目にはじゅうぶん怪しくうつっておる」

「それは、それは——」

ラカントの言葉はかるく、楽しげにもひびく。

「ノルンの城にこもっておられても、御老公の目はケイロニア情勢の変化を逐一見逃さぬ、まっことヤーンのごとき眼力の持ち主であられる」

皮肉な言辞を弄しつつも、ロンザニア領から入ったことを意外やあっさり認めたラカントを、アランは眉間を険しくして見据えた。

「初見のときからご子息には、よい心証を得ておらぬようです」

アランに向かって肩を落として見せる。その道化のようなしぐさにわずかな隙もない。

ラカントはアランのまなざしを受け止め、逆にねっとり絡みつくように見返してきた。

冷血の蛇にみつめられる不快感にアランは鳥肌を立てた。

「それで——それがしがカルトゥス殿にケイロニア経済をみだす奸心《かんしん》を煽ったという誹謗はどちらからお聞きになられた？　アンテーヌ侯は過ぎしササイドン会議にて、中立の立場を表明された。オクタヴィア陛下の政権において今や外様《とざま》同然と存じますが」

ラカントという男は諜者《ちょうしゃ》としても小者ではない。ひょろりとした見かけに騙されてはならぬ、なかなかの知力・胆力の持ち主だとこのときアランは感じた。アンテーヌ侯は御前会議に出席していない。また急遽帰国とあいなったアランには、以降のロンザニア鉱山にまつわる詳細な情報を得る機会もなかったのだ。ラカントに怪しむべき点は多々あるが、ワルスタットの諜者と決めつけるに足る証拠はない。と思いはかった上での悪落ち着きぶりに見えたのだ。

――と、不意にラカントは胸の隠しに手を差し込んだ。

(短剣を隠しもっているのか？)アランはさっと身構えた。アウルスに危害を加えるそぶりを見せたらいつでも剣を抜いて応戦できるように。主君を害されると警戒したのは、下座に居た老騎士も同じだ。モーゼスは長剣の柄に手をかけてすでに間合いを詰めていた。

これは早合点であった。ふたりはラカントの底意に煽られたのやもしれぬ。アウルス・フェロンだけは銀色の眉を毫《ごう》もうごかさなかった。

ラカントが懐から出したのは革袋だった。中に入っていたのは大ぶりな金の指輪。それをラカントはアウルスに押し出して見せつけるようにした。

「よくお改め下さいませ――ワルスタット侯より賜《たまわ》ったものでございます」

アウルス・フェロンは印章入りの指輪を検分した。

「これはワルスタット侯ディモス殿より全幅の信任を得ている証し。以後――それがしの言葉はディモス侯の言葉としてお聞きいただきとう存じます」

ラカントは自分をディモスと同等に接しろと表明してきたのだ。態度ががぜん大きく、悠然として見えた。

対するアウルス・フェロンはまさにドライドンのうつし身のよう、どっしりと構え青い目をかっと見ひらいて云った。

「おぬし――いや、ディモスはわしと何を話したがっておるのだ？」

「さすがアンテーヌ侯アウルス殿、お頭《つむり》の回転がきわめてお早い」

ラカントは笑って云った。

「むろんケイロニアの明日について、でございますとも」

「ケイロニアの明日とは何を云うつもりか、おぬし――？」

険しく口をねじまげたアウルスに、ラカントはいっそう口の端をつりあげた。

「まずひとつに、アンテーヌ侯アウルス殿はアキレウス大帝の急逝によるケイロニア皇帝の空位――〈大空位〉において目立つ動きを見せられなかった。じゅうぶんな権威と財力もお持ちになりながら中立という立場を貫かれた。そのことをわが主は不満に思っております。その気さえお有りになれば、十二選帝侯会議において、アンテーヌ侯が第六十五代ケイロニア皇帝に立ってもふしぎはなかった――と」

アウルスの答えは簡潔きわまりなかった。

「わしにケイロニア皇帝になる意志はない。それが理由だ」

「では、なぜ中立の立場をとられた？　グイン王、あるいはご嫡男アウルス・アラン殿を推したとしても、選帝侯として何ら規則に背《そむ》かない。なぜ絶大な影響力と権威をみずから戒《いまし》めるようなまねをなされた？　不都合あるいは臆される理由があったのですか？」

ラカントのまなざしはアウルスの表情にその真意をはかるかのようだ。

アウルスは答えなかった。

父とラカントの顔を見比べるアランにも言葉は見つからなかった。

「無礼な、アンテーヌ大君に。使者のぶんざいで言葉をつつしめ！」

老騎士が激昂したような大声を出した。

「静まれ、モーゼス。ディモスの使者はわしの怯懦《きょうだ》を云い立てておるわけではない」

「さすがでございますね。アウルス殿はすっかり私の手のうちを読んでおられる。長らくケイロニア皇帝の腹心をつとめてこられただけのことはある」

ラカントのものの云い方にはむっとさせるものがあるが、

（ふてぶてしい上に無礼な口をきく奴だ。しかし悔しいがこやつと父上のやりとりは、まるで神が雲上でボッカを戦わしているようだ。私には展開がまるで読めぬ）

アランは悔しげに端正なくちびるをひき結ぶ。

ラカントはさらに押しかかる。

「答えは今の従者の言葉にあらわれています。アンテーヌ大君、ここはケイロニアであってケイロニアではない。アンテーヌ人はアンテーヌを独立した海洋国家だと心の裡では思っているのでしょうか？　アンテーヌ族の首長は内陸には征服欲をそそられぬ、と」

「それはちがうぞラカント伯、思い違いにもほどがある」アウルスの声に怒りがある。

「六百年前――初代のケイロニア皇帝が選出されたとき、十二選帝侯の前身である小国の主はケイロニアという国家そのものにも剣と赤誠を捧げたのだ。小国のつまらぬ意地の張り合いで弱体化するより、大いなる絆のもとに結束するその理念を選んだのだ。ケイロニア建国の理念とは崇高なるものぞ」

「ケイロニア建国の高邁なる理想ですか？　それも結構とは思いますがケイロニウス皇帝家という核があっての理想ではありませんか？　アキレウス・ケイロニウス帝はこの世を去り、このとき男系の絆は途絶えたのです。オクタヴィア・ケイロニアスはユラニアの妾姫との間に生まれた、帝王教育もなされていない、本来正統とは認められぬ人物であり、とうてい大国を治める器ではない。一方ケイロニアを取り巻く情勢は、近年ゴーラ王国が隆盛しかつてのユラニアをさえ思わせる。ケイロニアは内外に憂いを抱えています。ボッカの盤上なら百手先まで読めるあなたが、ケイロニアの十年先を危ぶまぬはずもない。十二選帝侯の長老が皇帝に推すべき人物はいなかった――ゆえにアンテーヌ侯は中立の立場を選ばれた。これが真意というところでしょう」

挑むようなラカントに、アウルスの目は爛と青く燃えさかった。このすさまじい眼光を浴びてもラカントは微動だにしない。

（中立を唱えることで皇位継承者会議を円滑に運ぼうとした、父上のお心も知らず……）

　アランは父に代わって怒りを爆発させたかった。

「ラカント伯――」アウルスはゆっくりと訊いた。「お主はわしを怒らせたいのか？　だが残念ながら、アンテーヌの鯨は挑発や憶測などで動かぬ。それとも――ロンザニアの調略で味をしめたか？　カルトゥスか側近かに言葉巧みに近付き、おそらく黒鉄鉱の権益に不安をいだかせ、今回の高利値上げを煽ったのはお主にちがいあるまい」

「ロンザニア侯を煽った――」ラカントから微笑が消える。と、それも一瞬のこと。

「とんでもないことです。もとよりロンザニア侯の不安を煽った者は私ではありませんよ。シルヴィア妃が産んだ男児を死んだなどと偽り、黒曜宮に混乱をまねき選帝侯がたに疑念を植えつけたのは宰相のハゾス殿ではありませんか？　そのアキレウス帝の血を引く唯一の男子を、錯乱したシルヴィア妃はドールに捧げて黒死病の種を撒いた。と、これはもっぱらサイロンの民がささやきかわす噂ですが。もっとも――シリウスという王子を闇に消し去る念入りなお膳立てを整えた上で、政治的手腕などかけらも持ち合わせていない婦人を御輿《みこし》に担ぎ上げ、即位式の垂れ幕の後ろから十二選帝侯を牛耳り、ケイロニアの実権を握り支配する御仁があればこそ、一部の選帝侯は不安や疑心暗鬼におちいって自国を守らんと腐心するのではございませんか？　私は——私の主ワルスタット侯ディモスも同じ考えでおります。前皇帝を誑《たぶら》かし、一介の傭兵からケイロニア王の冠を得た豹頭の男こそが十二選帝侯間に亀裂を入れた張本人であると」

ラカントは俳優《わざおぎ》が口上を述べるようになめらかに云いきった。

「何を云いだすかと思えば」アウルスは微笑んだ。くちびるがゆったりと引かれる。「グイン——あれが黒幕だなどとは、笑止千万。もしカルトゥスがこのようなたわいのない話を信じたのなら、アンテーヌに呼びつけ説教のひとつも垂れねばなるまいな。グインに覇道を求める野心はかけらもない。あやつが皇帝の座を欲してくれたなら、亡きアキレウス帝もわしもどれだけ安堵したかしれない——が、あやつは皇帝にはならぬ。わしにはわかっていた」

そこには叶わぬ夢を語る者の諦観さえあったのだ。

「だからこそシルヴィア妃との間に御子が生まれることを願った。それも叶わなかったがな」

アウルスのまなざしは残照をみつめるようだったが、次に口をひらいたとき常の威厳を取り戻していた。

「そうでなければハゾスに与《くみ》しわしが皇位継承者に推挙しておったわ。そのグインがオクタヴィアさまを皇帝に就けた上で、シルヴィアさまの無罪をサイロンの民に表明したのだ。そして血のつながりのない王子を、正式な法のもとに息子と認めた。このことは、アキレウス大帝陛下がグインを真の息子として臣下に認めさせていたことに倣ったと云える。ケイロンの正統な絆を強調した、グインの見事な手腕と見ておる」

「アウルス殿にとってよほど好ましい人物なのですね、グインとは。しかしつむりの病の妃をもてあまし醜行に走らせた当人ですよ？　仮にも皇女さまを放置した黒曜宮も異常ですけれどね。妃は売国妃の罪を着たままサイロンの巷に消え、一報によると不義の王子は災害に巻き込まれ生存は絶望であるらしい。もっとも父親が誰かもわからぬ者がケイロニア皇帝に迎えられる日は、ルアーが西から上ろうともこないでしょう。アンテーヌ侯におかれては、あれだけ目をかけたグイン王がみずから剣を捧げ、オクタヴィアを皇帝に推挙してしまったのは大番狂わせであったはず。あなたはケイロニアという大国の落日をそこに見たにちがいない。そして――ケイロニアという大艦から降りようと考えたのではありますまいか？」

「父上っ！」

アランは声を高くした。このあやしげな使者にこれ以上云わせておいてよいのですか？　と、偉大なるアンテーヌのドライドンをふりかえった。

「今さらお主に教えられるまでもない。グインを皇帝家につなぎとめていた絆がいかに脆《もろ》かったかは、黒曜宮のすべての者が身にしみておる。たとえ世嗣ぎの姫君であっても強くお諫《いさ》めし力づくで——禁《とど》めるべきであったがそうしなかった——出来なかったことは悔いても悔やみ切れるものではないが。それもすでに過去の悲劇。オクタヴィア陛下の即位によって〈大空位〉は終わりを告げ、ケイロニアは新しい時代を迎えたのだ。グイン陛下はハゾスとともに女帝陛下を実務の面でお支えするであろう。わしのような老人が出しゃばる場も機会も少なくなる。アンテーヌもまた次世代に権威を移す時期だ。ラカント伯、おぬしはケイロニアの未来と云うたが、人はヤーンになどなれぬ、ただひとつ明言できるのはアランの代になってもアンテーヌはアンテーヌの道をゆくということだ。いくらお主が言葉を尽くそうと、わしの代で長きにわたってケイロニア皇帝に奉じた聖なる絆に瑕《きず》ひとつ付けさせぬ。せんにも云ったが、十二の、考え方も土地がらも異なる選帝侯が、ひとりの傑出した帝王に赤誠を捧げることで、血の一滴もながすことなく、広大な領地と相異なる主張とをひとつにした——これは中原史にも稀な快挙なのだ。調和を嘉《よみ》するヤーンの御心にかなっている。わしはこの調和があと十年いや百年のちも続くことを信じてやまぬ」

「それがお答えですか？　アウルス・フェロン侯の——」

云ってから、ラカントは印章指輪が入っていた革の小袋から、小さく折りたたまれたものを取り出し、卓上に広げた。そこに書き付けられた文字を見て、アランは絶句し青ざめたが父の表情は変わっていなかった。

(父上は予測されていたのか……)

アウルスはかつてアランが見たことのない目をしていた。なやましげにも哀れむようにも見える……。

アンテーヌの父子とは対照的にラカントはくちびるを吊り上げ、朗らかに云ってのけた。

「十二選帝侯の中に、我こそはオクタヴィア・ケイロニアスよりも皇帝にふさわしい、と考える者が出ることを、アウルス・フェロンともあろう賢人が考えてみなかったとは、意外でもありたいへん残念なことだと存じます」

書き付けに、したためられていたのは——

『十二選帝侯筆頭アウルス・フェロン・アンテーヌ殿に協力を願い入れるものである。義父上におかれては、わたくし——ワルスタット侯ディモスが正統なケイロニアの支配者として立つために、最大の支援とご配慮を賜りたい』

そしてディモスの署名がなされ、剣と林檎の印章が押されている。

(義兄上は狂ってしまわれたのか!?)

アランはそう思うほかなかった。

アウルスのうけた打撃こそ深かったにちがいない。威厳に満ちた顔が一タルザンで十も老けたようにアランには見えた。

そのアウルスにラカントは畳みかけるように云った。

「今はワルスタットの田舎城にこもっているアクテだが、皇后の冠と衣裳がさぞよく似合うことだろう、ともディィモスさまはおっしゃっておられます」

娘の名を出されてはじめてアウルスの喉からかすかな呻きが漏れた。

とうてい正気と思えぬが筆跡はまちがいなくディモスのもの。しかしヤーン大神官は万民の目の前で熾王冠をオクタヴィアに授けたのだ。つつがなく式が終了した今、ディモスの《欲》とは皇位簒奪の意志表示にほかならぬ。神聖なる誓いを反古にするのは、いまわしいドールの所業――

しかし、この狂った要求を一蹴させぬよう、運命の機《はた》はアウルス・フェロンとその肉親を周到にからめとっていた。アウルスが一読のもとに断らぬ、と確信しているからこそのラカントの笑み、なのだった。

（アクテ……）

今やアウルス最愛の娘は人質にとられたも同然だった。アクテだけではない、六人の可愛い孫たちもだ。

アランはドールの使者の仮面のような笑い顔を視線で射抜いてやりたいとばかりきっと睨み据えた。

長い時間が流れた――

とアランには思われたが、アウルス・フェロンの皺ぶかい口が開かれるまで、実際には五タルザンも経っていなかった。

「ラカント伯爵――」

「なんでしょう？　アウルス老侯」

無礼と厚顔の権化は人をかたどった仮面としか思えなかった、アランには。

「神話の一節に――かつてドライドンの娘リアが勾引《かどわ》かしにあった話がある。海神はくまなく海中を探し回ったが見つからぬ。悲嘆にくれていると地の底からささやく声があり、

『娘子《むすめご》は深い地の溝に落ちて這い上がれずにいる。地の水をすべて吸いあげれば救い出せるぞ』と。海神はすぐさま掌の中の海玉石に水を吸い込ませた。地上から一滴あまさず水が無くなれば生きとし生ける者は死にいたる――そのことも解らないほど、娘を救いたい思いに占められていたのだ」

「聞いたことのない話ですね」とそっけなくラカント。

「偉大なる神でさえ娘のためには道を誤る……」

アランは呻くように云った。

アウルスは深く頷いた、満足げに。

「そうだ、これは父親の痛ましい挿話なのだ」

ここでラカントは手を叩いた。なぞなぞが解けた子どものように得意げに、

「喜ばしい！　ご諒解いただけたということですね。ワルスタットとアンテーヌの同盟及び相互安全保障の締結、双方の敵に対しては惜しみない武力援助をするという、新たなる体制作り。さすがアンテーヌ侯、速やかなる決断に敬意を表します。わが主もさぞ喜ぶことでしょう」

「ラカント伯、この話には続きがあるのだが、聞かなくてもよいか？」

アウルスにラカントは面倒くさそうに答えた。

「地の底のささやきはドールのものだった、とかそんなところでしょう？」

「その通りだ」

「やっぱり、ですね。——では取り急ぎ同盟締結の承認をこちらに頂きましょう」

ラカントはもう一通、書状を取り出して卓上に広げる。

アウルスは卓上の呼び鈴を鳴らし、

「モーゼス！」

小姓時代から仕える老騎士を呼んだ。

アウルスがモーゼスに命じて持たせた錫《すず》張りの箱には大小いくつもの印章がおさめられていた。アウルスが初めに手にとったのは明るい黄白色の、エルハンの牙を使った新しい印だった。アウルスはその印面に目を近づけしげしげ見つめた。

（父上……？）

その仕草をアランはいぶかった。アウルスの視力はそれほどわるくない。

「これは、アラン——アンテーヌ伯騎士団の印であるな」

アランに印面——〈鯨と剣〉——を向け確認をとるアウルスに、アランはその意図を悟った。

「はい！　父上」

「これはお前にまかせよう——おお、こちらだ」

老眼を装ったアウルスが手にしたものは、先の印と大きさの差はなかったが、歴史を感じさせる黄金のずっしりした印だった。

アウルスがラカントの用意したなめし紙に押印したのは、アンテーヌの白鯨と呼ばれるあの有名な〈鯨と波〉の紋章だった。

「これにて正式に同盟があい整いました！」

さすがにそれは仮面ではなかろう、ラカントは満面の笑みを浮かべている。

アウルスとアランの冷ややかな視線の意味など考えようともせぬ、勝利と成功に頭脳を鈍らせたラカントにアウルスは云った。

「ラカント伯、このような連盟はアンテーヌの歴史以来はじめてのことだ。ついては、わが方の武力の細則《リスト》も伝えておきたい。書き物の用意はあるかな？」

「細則？　え、ええ勿論です。重要なことですよね」

ラカントは携帯用の筆記具をかくし袋からとり出した。

「まずアンテーヌ侯旗艦〈ノルンの荒鷲〉号だ。千二百ドルドン。三本マストに、漕ぎ手が三百人、弩《いしゆみ》の数五千――」

アウルス・フェロンは朗々たる声で旗艦に始まり、すべての軍船をそらでラカントに云いつたえた。アンテーヌの軍船はおよそ二千、だがそれだけではない、もし万が一戦《いくさ》を構えることになれば、交易船から小さな艀《はしけ》まで参戦する。ラカントが書き留めねばならぬ船舶の数は万を数えるだろう。

ラカントはしゃかりきになって、アンテーヌ海軍のそうそうたる軍船と装備を書きとめていった。ワルスタット侯の代理人が耳とペン先とに神経を集中させる間に――アランは席を立った。

アランは、アウルス・フェロンがいくつかの所作にこめた合図を読み取って、即座に行動に移していた。アウルスはアランに〈鯨と剣〉の紋章を見せ、「まかせる」と云ったのだ。

アンテーヌにおいて最高の権威を示すものは、〈鯨と波〉に象徴される海軍力である。これはケイロニア統一前から変わっていない。アンテーヌ族の海を愛する精神と誇りをあらわしている。

だが――

先代のアンテーヌ侯――アウルスの父――の頃にはこの伝統にも変化の波が訪れた。騎馬の力を上げるべきと考えを転換した。「アンテーヌは馬術に劣る」というありがたくない定説を返上しようと考えたのである。

草原の生まれのすぐれた馬種をグル族から購い、教師に雇い、アンテーヌ人の体格や身体性にあう馬術を体得した。領内で馬術大会、馬上試合を開催し、すぐれた騎士を育成した。モーゼスはアンテーヌ騎士の中の騎士という賞賛を受けている。アランはそのモーゼスに鍛え上げられた。

アンテーヌ伯爵と認められたアランの麾下に、二万に余る精鋭騎士が入る。〈鯨と剣〉の紋章をゆだねられたとき、アンテーヌ侯から正式に陸戦の統率を命じられたのだ。

そしてまた――

アウルス・フェロンの挿話にも重要な意味があった。

ラカントが知らぬのも道理、これはアウルスの創作である。ノルンの嵐が吹き荒れる夜に、眠れぬ妻子のためアウルスはよく物語をした。ヤヌス十二神を登場させるもっともらしい「作り話」を。

あの話はこう続くのだ。

ヤーンはドールのたくらみに気付き、ルアーにリアの救出を託した。太陽神は疾《と》く地底に降り立ち、紅炎を黄金の弩につがえ暗黒宮殿に向け放った。ドールの大宮殿は燃え上がり、逃げまどう闇の眷属からリアは救いだされた。

娘をとりもどした海神は水を解き放ち、地上は滅びをまぬかれた、と——。

記憶力のよいアランは父侯の挿話を一言一句あやまたず憶えていた。

(アクテ姉上、マイロン、イアラ、サーラ、ラウル、ユーミス、ナディア！　私とアンテーヌ騎士団が必ず助けます!!)

ノルン城の回廊を駆け抜ける若きアンテーヌ伯爵は、さながら飛び立つ若鷲だった。

第二話　ポーラースターの光の下《もと》で

1

「こちらです、グイン王さま」

シリウスを背に負い大鹿《パル》にまたがった巫女《ヴィダ》に先導されて、グインと騎士団は岩ばかりの道を進んでいった。ここの岩地には灌木がまばらにしか生えていない。ケイロニア最北の地である。厳しい寒冷のため森林が育たない。これより先には苔や地衣植物しか生えず、さらに北には永遠の氷雪に支配されたアスガルン山脈がある。

ベルデランド領に食い込むかたちだが、選帝侯も認めるタルーアンの居住区である。岩山の洞穴を利用したらしい原始的な住居の入り口に数人の赤毛の女がいた。ヴィダの姿を認めると全員の顔がぱっと明るくなる。

「ご無事でよかった！　巫女さま」

中で一番背の高い女が駆け寄ってきてヴィダに抱きついた。

「ルマ、ケイロニアのグイン王さまが助けてくれたんだよ。あたしも、シグルドも」

グインはシグルド――タルーアンの伝説の英雄――の名を聞き、耳をぴくりとさせた。

「……ケイロニアのグイン王さま？」

ルマと呼ばれた女は生きたシレノスを目のあたりにして呆然としている。

「無法者たちから助けてくれた――グイン王さまは〈光の王〉なのだよ」

その無法者たちは今や縄を打たれ騎士団に引っぱられている。

「〈光の王〉にお礼を云いなさい、ルマ」

ヴィダに云われルマは姿勢を正す。

「ありがとうございます、グイン王さま……生きた……すみません、本物ですか、その頭は？」

なにしろ生きた豹を初めて目にしたのだ。雪豹の毛皮を見たことはあるが、グインの豹頭と敷物にされガラス玉を目に嵌《は》め込まれた豹ではずいぶん違う。

「俺の豹頭は本物だ。シリウスは俺と深いゆかりがある。今まで面倒をみてくれたのだな。礼を云うぞ、ルマ」

このグインの落ち着いた男性的な声の響きに、いっぺんで王者の威厳に打たれたらしい。ルマはいっそう背筋を伸ばし、

「――はい！」

ヴィダはおくるみに包まれた幼児をいったんルマに渡すと、大鹿《パル》の背中を降りた。

「ユリアスに伝えておくれ。グィン王さまを岩屋にお迎えしているから、急いで来るようにと」

「わかりました！　すぐに」

ルマは大鹿に飛び乗るとナタール城の方角へ駈けだした。


こうしてタルーアンの岩屋は豹頭王を迎えることになった。巫女が指図して騎士たちにも休憩の場とユールの酒が提供されたが、岩屋を襲った者どもは大鹿用の檻に放り込まれた。

グィンは、蟻の巣のようにつらなる岩屋の最も奥まった房にみちびかれ、青みがかった銀色の毛皮の敷物にあぐらをかいて巫女と向き合った。

岩屋を守護するサーリャ神の巫女は、すでに初老だが、ほお骨が高い顔立ちも澄んだ青い目も美しいといってよかった。髪は枯れ葉のように淡い黄白色である。

岩屋の内は、ごつごつした岩肌を大鹿《パル》を織り出した布でかくしたり、ところどころに毛皮を敷いてはいても、ケイロニア人の目から見れば原始的と云える住居である。

「ぢぃーだー」

おくるみを解かれた幼子の片方の目は明るい青、もう一方は闇の色。養母にまつわりつく姿は無邪気な子猫のようである。

グインは影武者を立て、オクタヴィアの即位式を抜け出してまでシルヴィアの一子の保護を先んじた。グインの危惧は当たり、あやういところでシリウスは拉致をまぬかれ、文字通りグインの腕の中に転がり落ちて来たのだ。

ヴィダは道すがらシリウスを岩屋で預かっていた経緯をグインに語った。ベルデランド侯ユリアスが、水害の地で救ったシリウスを、実母に頼んだので「サーリャの岩屋」で育てることになった――ヤーンの特別なはからいを感じずにいられない。

グインはシリウスの目を初めて見たとき、あやしい思いにとらわれた。それはシルヴィアにいつも感じていた、下手に扱ったら壊してしまうのではないか？　不安とも戸惑いともつかぬあの感情によく似ていた。シリウスの白い肌やきゃしゃな体つきには、シルヴィアを思わせるところがたしかにあった。

シリウスが豹頭に怯えたようすを見せたというのではない。かといって格別に興味を示しているようでもない。ヴィダのそばがいいらしい。シリウスから無視されたグインは心ひそかに落胆をおぼえていた。

サイロンの子どもは一人の例外なく、パレードに豹頭王が出てくると歓声を上げ、親に肩車をせがんだり、人垣を押しのけてたくましい腕や髭に触りたがろうとするものだ。

（生母と義父の諍《いさか》いを幼いながらに感じとっているのか？）

どうしても過剰に幼子の心を思いはかってしまう。

そのシリウスは今、毛皮の上をころころ転がっている。

グインはノルンの海豹《ベァール》と思われる毛皮を掌に撫で、

「ヴィダ殿、この床はたいそう温かいが？」

「地下に鉱泉が涌いています。真冬でもこの温もりは失せません」

「子どもを育てるにはよい場所だな」

すでにグインは、女たちに腹の大きな者がいること、房のどれかから赤子の声がするのに気付いていた。甘いような乳くさいような、今やよく知っている匂いもする。

「ベルデランド人はここを『鬼の岩屋』と呼びます」

そう云った巫女に特別な含みはなかったが、この北の辺境でケイロン系のベルデランド人とタルーアン族の争いがあったのは事実だった。厳冬期飢えたタルーアンはしばしばベルデランドの村を襲って略奪と暴行をはたらいた。領民たちから「蛮族！」「鬼」と憎まれ、ナタール城を築いた初代ベルデランド侯は、みずから兵をひきいてタルーアンを討伐し、その屍を城壁にさらしたと伝えられる。

血塗られた歴史を心得ていても、ヴィダのうちに憎しみはなく、言葉に揶揄の欠片もこめられていない。聖域を司るにふさわしい人品をグインは見抜いた。

「巫女殿、わが妃の子シリウスを悪の手からよく守ってくれた。この子はアキレウス大帝の孫、ケイロニアにとっても大事な子だ。かどわかされ陰謀に利用される危惧も十分あったがあなたの行動によって未然に防げた。ケイロニア王として深く感謝する」

　とグインが云ったとき、シリウスのようすが変わった。ふた色の瞳をくもらせ、幼い体をこわばらせると泣き出す寸前まで顔をゆがめたのだ。

「う、うっく…」

（こわがらせてしまったのか、皇帝の名が、それともシルヴィアの子であるということが、か？）グインは内心あせった。

　すぐにヴィダが手をさしのべて、

「こわくない。こわくはないぞ」

　抱き上げられ揺すられるうち幼子は機嫌を直し笑い出した。胸をなで下ろしたグインは、シルヴィアの癇癪《かんしゃく》の《嵐》を思い出してひそかに身構えていたのだ。

（シリウスとシルヴィアはちがう。似てはいるがちがう人間、ちがう魂を持っている。まったく異なる運命を――この子はこれより始めるのだ）

　二児の父親であるグインには、幼い子の健常なようすと、そうでないしるしを見分ける眼はそれなりにある。シリウスは栄養不足や病気で痩せているのではない。母に似て骨組みがきゃしゃなのだ。今さっきのことで癇癪持ちでないことはわかった。頰はやわらかな線を描き、シルヴィアに瓜二つとまでは云えないが、小づくりな鼻のかたちなど

可愛らしくシルヴィアの美質ものぞかせている。立ち歩きはおぼつかなげだが、

（まだ二歳にもなっておらぬのだ）

特に成長が遅いとか虚弱であるとは思われなかった。――まずまずふ、つ、うの子どもだ。

ふつうの――それはシルヴィアが願ってやまなかったことだが。

巫女はグインに云った。

「サーリャの巫女はタルーアンの子どもを守るのです」

「シリウスはタルーアンではないが」

「シリウスも――ユリアスに連れて来られたときから岩屋の子です。シリウスもまたポーラースターに守られるのです。《闇》と《いさかい》の手から」

当然のことのように云う。

「母無き子にかくも深い情愛を注いでくれたのだな」

「あたしはたくさんの出産に立ち会ってきました。中には子を産み落として命を失う母親もいます。残された赤子は別の女に抱き取られ乳をもらいます。シリウスに母親がいないのなら岩屋のみなが母親です」

巫女に気負ったところはなかったが、野蛮で奔放とされるタルーアンがそなえる《サリアの慈愛》をグインはたしかに感じた。

「巫女殿あなたはベルデランド侯の母君と云われたな」

「はい」

先代のベルデランド侯との間にユリアスを産んだ女は頷いた。

「ディルスにのぞまれあたしはナタールのお城にゆきました。ユリアスが生まれ、ディルスが病んで……ユリアスがその跡を継いでから、お城を出て、岩屋にもどり、サーリャの巫女を継ぎました」

ディルスの愛妾だった女は続けた。

「タルーアンもベルデランドもない、子どもはみな平等、ディルスはそう云ってユリアスを後継ぎに決めてしまうと――ヴァンハイムの虹の橋を先に渡ってしまいました」

(死んだとは云わぬのだな、巫女殿は)

そっけない言葉のうちに亡き良人《おっと》への思慕がこめられている。タルーアンの女はケイロニアの男を深く愛したのだ。おそらく今も――。

先代のベルデランド侯ディルス・ベルディウスは、タルーアンにさまざまな権利を認めている。そのことは、黒曜宮にも知られている。ディルス侯はタルーアンに文明国側との商取引や土地の専有に関して同等の権利を認めたのだ。このことでタルーアンが苦労して獲った鳥獣や魚を、商人が不当に買い叩くことは出来なくなった。タルーアン側の不満はだいぶ解消され、略奪行為もディルスの取りなしがあってほぼ無くなった。ディルスの平等精神が最大に発揮されたのは世嗣ぎの件だ。タルーアンの愛妾に生ませたユリアスを長男だからといって、次の選帝侯に決定したのである。

正妻のサルデス侯の息女が産んだレグルス公子をさしおいて、ユリアスを選帝侯に就かせる。ケイロンの貴族の眉をひそめさせたが、結果的にタルーアンの血をひくユリアスが最北の地を治めることで、ベルデランドとタルーアンの間に目立った争いはなくなった。ディルスの判断が正しかったのだ。

「ディルス侯は偉大な施政者だ。かれの治世にベルデランドとタルーアンは和をむすんだ。さまざまな制度と調整は今も綻《ほころ》びなく継続している」

そのディルスの精神がシリウスを守ったとも考えられる。時のまにまにヤーンが張り巡らした紘は吊り床《ハンモック》のように運命の王子を受けとめた——と、グインは思わずにいられなかった。

「ふしぎな巡り合わせだ」

「ふしぎではありません。北の星辰《ポーラースター》のおかげです」

「ポーラースターとは？」

グインは問い返した。

ヴィダは腕をまっすぐ上に伸ばし、岩屋の天井の一箇所だけ岩にふさがれず、青空がのぞいている所を指さした。自然に出来た天窓と云うべきだった。

（空気が清々しいのは空気の通り道になっているからか）

「そこに——北の星辰は輝いています。ポーラースターは、はるか昔から変わらずタルーアンの道しるべでした。雪嵐の夜も、氷の海の上でも星辰のみちびきがあったから、タルーアンは生きてきました」

「天の北極に輝く星か」

グインは青く輝くナタールの空を仰ぎ見た。

「あたしたちサーリャの巫女は、あのポーラースターに倣っています。タルーアンのために。——この岩屋は最初の巫女が見つけました。雪原で仲間とはぐれひとり、身ごもった身で星の光だけをたよりに岩屋にたどりついて出産したそうです。それからです。この岩屋でタルーアンの母親は子を産むようになりました。巫女は生まれてくる子どものために、何をしてやれるか、どこにみちびいてやればよいかを考え、やがて——星辰を読み星のささやきを聴きとるすべを身につけるようになりました」

「星辰を読む？　ささやきを聴くとは？」

「ポーラースターの——星の心を知るのです」

巫女はおごそかに云いわたした。

「タルーアンや大鹿《パル》に心があるように、星にも心がある。それを読みとるのです。その方法は巫女から次の巫女に伝えられてきました——あたしはルマに伝える、この先もずっと、それがサーリャの神にみちびかれたタルーアンの智恵なのです」

(それは霊能力ではないのか？　魔道には人の心を読む術があるが、獣の心、自然の心、星の心さえ読めるというなら、パロ聖王家の予言者にも匹敵する大いなる力だ。広く人々の運命をみちびき、たくさんの命を救うことができる)

グインは巫女に畏敬の念をおぼえていた。

「巫女殿、あなたは施政者のような役割も果たしているのだな」

巫女は深く頷くと、思いがけないことを云いだした。

「あのときも──ユリアスが夢のことで相談しにきたときも、星のささやきを聞いたのです。ナタールの水害を知りました。雨で河の水かさが増え、大きな水が堤を破る──そのことをユリアスに教え、ユリアスはベルデランドの民を守るため、もてる力を尽くしました」

ベルデランド側に被害が出なかった訳を知らされ、グインは内心讃嘆していた。

そうして改めて奥の間を眺めまわす。神をかたどる像も儀礼のための道具も無かったが、ここはまちがいなく聖所なのだ。人々を救うため力を尽くす者がいる。清澄な空気の理由を知った。人を幸福にみちびくつとめが聖所たらしめるのだ。

天の北極に開いた窓からのぞいて見える空の青さに一抹の翳りもない。

「ヴィーダー、たかい、たかーいの！」

シリウスは養母のひざに乗り上がろうとしたが失敗して、ころんと一回転したが、色違いの目に涙はなかった。

ややあって、岩屋の入り口から大鹿でない獣――馬のいななきと男の声が聞こえた。

「ユリアスが来たようです」

ヴィダは膝にまつわるシリウスにも語りかけた。

「ユリアスが来たのだよ」

「ゆぅりあす、きぃたぁ……」

養母のまねをする言葉がけだるげに響いた。小さく細い指でしきりに瞼をこすっている。薄いまぶたがやつれたように淡い紫に色づいている。

（消耗しているな。無理もない）

岩壁の上で冷たい風と侵入者の害意にさらされねばならなかったのだ。

その間に力強い足音が近付いて来た。

ベルデランド侯ユリアスが奥の間に入ってきたとき、シリウスはすでにヴィダの膝を枕に寝入っていた。

「ケイロニア王グイン陛下、ご即位の式典にて拝謁をいただいて以来となりまする」

ユリアスは岩屋の地面に膝をつき、宮廷作法にかなった選帝侯の礼を表わした。ケイロニアの英雄に相対し興奮を押さえかねつつも、幼子の安眠を破らないよう気づかって声音をずいぶんおさえている。

「……先のアキレウス大帝陛下よりベルデランド選帝侯を許されました、ユリアス・シグルド・ベルディウスにございます」

（思いやりのある男だ）というのがグインの第一印象であった。

「ベルデランド侯ユリアス・シグルド・ベルディウス、ケイロニア王グインである。突然で驚かせたろうが見《まみ》えたことを嬉しく思う」

グインもぐっと声をひくめる。

身長二タールに余るグインと、グインには及ばないがタルーアンの血をひく大柄なユリアス。威風堂々たるふたりの男が、幼い子どもを起こさぬよう気づかいながら会談する。

「ルマ」

ヴィダはユリアスの後ろにいる女に云った。

赤毛のルマにぐっすり眠っている子どもを抱き渡すとき、ヴィダは、云った。

「シ、シグルドを寝かせてやりなさい」

もういちど別の名を――タルーアン唯一の王の名を、グインは聞きとった。

ルマがシリウスを連れていってから、ユリアスはグインにあらためて威儀を正した。

「グイン陛下、このたびはシリウスと母を救って下さいまして――」

タルーアンの血をひく赤毛の選帝侯は深く頭を垂れる。

「ルマからシリウスを狙って岩屋が襲われたと聞きました。あの子どもがケイロニア皇帝の血をひく王子であったとは、なんと稀有な巡り合わせでございましょう……！」

ユリアスは感嘆を漏らした。ナタールの空のように青い目はその母によく似ていた。

「ベルデランド侯が水害の地で見つけだしたと聞いておる。シリウスの命を救ってくれた。義父《ちち》として心から礼を云う」

グインから感謝の言葉をかけられ、ユリアスは感極まったように、

「グイン陛下、まことに、まことに――」

辺境の選帝侯の朴直な人となりには、同じタルーアンの血をひく金犬将軍ゼノンを思わせるものがある。

「ベルデランド侯、貴公と膝を突き合わせ語り合うのはこれが初めてだと思うが、俺の異形にさして驚いていないのはなぜかな？」

ベルデランド選帝侯領は遠隔なので年番から免除され、黒曜宮に出仕するのは特別な大式典が催される場合に限られている。

「畏れ入ります、それはロベルト…いえローデス侯のおかげかと思います。つねづね陛下の雄姿とご活躍を聞かされておりましたゆえ。滅多に皇宮に上がらぬ私めも『黒曜宮の生けるシレノス』のご勇姿をこの目で見ている心持ちがしておりました」

いかにローデス侯ロベルトと魂を近くしているかがしのばれる。

「そうか、じつは俺も貴公に年来の親しみを感じていた。ロベルトが取り持っていてくれたのだな。黒曜宮とベルデランド——短からぬ距離ではあるが。そうだ、いつぞやはマリニア姫のため番犬を贈って貰った。改めて礼を云うぞ」

「マリニア姫のお役に立てて幸いでございます。ベルデランド犬は訓練すれば人の命も救います。水害の地においてシリウス王子の救出にも一役かってくれました。泥に埋もれすでに息絶えた馬にはげしく吠えかかり、あやしく思いその場所を掘ったところ、牝馬が見つかり、王子はその馬の体内に胎児のように守られていたのです」

あやしい経緯がグインの鼻にしわをもたらす。

「シリウスはハゾスとロベルトが相談して開拓農家に縁付けた。養子先もブレーンの名もハゾスには知らされていなかった……」

（やはりグラチウスの仕業か？　それともキタイの手のものか？）

二歳近い子を生きながら馬の胎《はら》に入れる、魔道の技にしか出来ぬことだ。

（水害のさなかシリウスをかどわかそうとした魔道師がいたのではないか？　ダナエのケルートについても、偽の日記を用いて操ろうとした者がいる）

企てに破れたとき、ケルートは完全に正気を失くしてしまった。幼児より分別のつかないありさまで訊問のできる状態ではない。

「そのロベルトなのですが――」ユリアスは困ったように云った。

「倒れてからはナタール城で眠りつづけていましたが、やっと昏睡から醒めたところで、シリウス王子拉致未遂の報を聞きつけまして……。特別耳がよいものですから。まだ枕が上がらない身で、シリウス王子に会いたい、いっしょに連れて行ってほしいと懇願までされ困りました。かならず会わせるからと約束して城を出てきた次第です」

「それほどロベルトはシリウスに会いたがっておるのか」

「――はい。医師の診たては過労と足の怪我ですが、私はブレーンの水害で領民と共に幼い王子の命も奪われたとロベルトは思い、絶望から倒れたのではないかと考えております。ロベルトを元気付けるためシリウス王子をお連れしてよろしいでしょうか」

「ロベルトのことは俺も案じていた。シリウスの疲れがとれたら、ロベルトに会わせてやるべきだな」

「グイン陛下、ロベルトに代わってお礼申し上げます！」

ユリウスは目を輝かせる。幼なじみへの思いの篤さを物語っていた。

「ユリアス――」

ここまでグインと息子の会話を黙って聞いていたヴィダが云う。

「お前が助けに守るべきであったぞ。シグルドの名を付けたベルデランドの領主であるお前が――」（来るのが遅い）と云わんばかりである。

「グイン王さまが来てくれなんだら、シリウスも岩屋もタルーアンも《闇》にひき寄せられ呑まれたかもしれぬ」

ヴィダは息子に対して手厳しかった。

「申し訳ない、巫女殿」

ユリアスは実の母親に深々と頭《こうべ》を垂れた。

「ベルデランドの領主がロベルトさまの枕元につききりでいた、魔のものはそういう隙を見逃さないのだ。お前もシグルドの名を継ぐ者として、肝に銘じて忘れてはならない」

「肝に銘じます」ユリアスは大きな体を縮こめて誓った。

2

「ヴィダ殿、さいぜんもあなたは《闇》と云ったが、それも星辰に教えられたのか？」

グインは目を金色に輝かせて訊ねる。

「はい」

巫女は深く頷く。

「その《闇》の本体もポーラースターの光にあばかれるか？」

「そうです」

グインは明るい天空《そら》の一点に視線を絞った、ポーラースターがあると云う天の極を。

ふいにたくましい体幹を鋭く戦慄がはしった。

(今なにかが触れた。俺の内部に深く——)

それは肉体的なものかもしれなかったし、精神——記憶の一端に触れ揺り動かすものであったのかもしれない。

「ナタール河の氾濫を事前に知り被害を最小限におさえられたのも巫女殿の霊能力のお

かげであったと――」

　グインに答えたのはユリアスだ。

「はい、陛下。ベルデランド騎士団を総動員してナタール河沿いの集落に避難を呼びかけたのです。ローデス側にも伝えさせたにもかかわらず、ブレーンの村にだけ避難の勧告が届いておらず、このたびの悲劇となったのです」

　ユリアスは悔しげに奥歯を嚙む。

「ナタール城への途上、ブレーンに近い騎士の番所が何者かに襲われ全滅したという話を聞いている」

　グインは細作から情報を得ていた。

「何者かが、ローデスを!?　ローデスの平和をみだすやからがいるとは、信じられぬ。――許せません」

　ユリアスは激しい口調になる。こめかみに青く筋が浮き出していた。

「それがダナエのケルートのしわざか、別の者によるものかは判明しておらぬ。巫女殿が云われた《闇》に魔道の影が見え隠れはしている」

　魔道という言葉に身をすくめたユリアスに、グインは続けて云った。

「この《闇》は必ず晴らさねばならぬ。ベルデランドのため、タルーアンのためでもある」

トパーズ色の目が深い光をタルーアンの巫女にそそぐ。

「シリウスのためですか？」

ヴィダの問いにグインは静かにうなずいた。

「二度とふたたび襲撃やかどわかしが企てられぬよう、陰謀の根を断たねばならぬ。——ベルデランド侯、おぬしは、あやしい夢を見たと云ったが、それはシリウスに関わりのある夢なのか？」

「——はい。その夢に出てきた馬の腹に小さな生き物がしがみついていたのです。金色と黒色をした——思えばケイロニウス皇帝家を象徴する色でした。この夢が気にかかって、巫女になぞ解きをしてもらおうと岩屋を訪れたところ——」

ユリアスはそこで起きたことを細大漏らさずグインに伝えた。

「ポーラースターにうかがいを立てるため、巫女は瞑想にはいりました。しばらくして、私の頭の中に声が響きました。その声は始め『罪の子』と云いました。ロベルトの声に似ていると思いましたが、見知らぬ者の声のようでもあり、自分の声のようにも感じる、まことに不思議な声でした。

その声は『母親の闇から生まれ、いさかいをもたらす魔物』と云い、前言を撤回するように『魔物ではなく人の子である、人の世界で生きるべく送り出された——光と闇が相克する運命の王子』とも……。そして、最後にこうも云いました。『闇の聖母から生まれた王子、シリウス』と。おそれながら、その闇の聖母とはシルヴィア妃を……」

それはグインにとっておそるべき威力のある言葉――符牒であった。

《闇の聖母》！

〈まじない小路〉の予言者世捨て人ルカが、レンティア人アウロラに告げたという、

「闇のまにまに漂う者は、オルセーニの黄泉《よみ》の川のうたかたのごとし。もしこれを此岸《しがん》へひき上げなば、嫉妬と絶望の双児を生み《闇の聖母》となさしめるでしょう」

聖母は生母に通じ、シリウスとの関わりを示唆する。

シルヴィアとシリウスに関わる重大な言霊がここで重なりあったのである。

「ベルデランド侯、闇の聖母と聞こえたのだな？」

グインは剣呑な声音で確認する。

「――はい。それとはシルヴィア妃殿下をさしてのことですか？」

「おそらくは」

グインの声音が苦々しくなるのは、シルヴィアの心の病にではなく、黒魔道の関与を疑うからだ。

この言葉をグイン以上に嫌っているのはアウロラだった。心友シルヴィアをグラチウスによって目の前から拉致された彼女は、「そのようなおぞましい冠を天真爛漫なあの女《ひと》にかぶせさせはしない！」とシルヴィア探索を志願し、隠密騎士と共にダナエに赴い

ていた。

「陛下、サイロンでの売国妃騒ぎは私も存じております。無論、たちの悪い誹謗中傷としてですが。黒死病とはトルクによって媒介される病、かよわい女人が撒きひろめられるものではありません。だいいちシリウス王子は息災です。ドールの生け贄に捧げられたなど与太話以外のなにものでもない。王子の生存はお妃さまにかけられた黒い噂を打ち消す——おっとり頭の私にもわかります」

　おっとり頭どころか、ユリアスの頭の回転は早く、「売国妃事件」について理性的な見解をもっていた。

「ベルデランド侯の云う通りだ。シリウスはシルヴィアの《光》となりうる。初めての子を死産と告げられ、傷ついた心に黒魔道師はつけ込もうとしたのだ」

　グインは牙を剥き出して云った。

　ここで唐突にも、

「グイン王さま、母親に子どもが死んで生まれたと嘘をつく者が王さまの城にいるんですか？」

　タルーアンの巫女の問いかけが、グインの古傷に触れて痛みでなく冷感をもたらした。

「……いや、悪意からではないのだ。ケイロニアと皇帝家にこれ以上の混乱がないようにと配慮した上でのこと。かれも悩み抜いたのだ」

「わからない、あたしには。生まれたばかりの子どもを母親から引き離すやつが悪くはないなんて。そんなひどいことを〈光の王〉が許したなんて信じられない。本当なら王さまを見損なっていた」

はるか中央の宮廷で起きたこみいった諍いなど、タルーアンの女には大鹿に食わせる値打ちもないようだ。

「母さま！　グイン陛下に無礼なことを云うものではない。サイロンの宮廷にはご事情と——ハゾス宰相には深い考えがおありだったのだ、きっと」

ユリアスは慌ててたしなめる。

「グイン陛下、おそれながら——この辺鄙《へんぴ》なベルデランドにも聞こえております。陛下がパロ内乱に出征された際、妃殿下に不貞があったことは。お妃の御子は陛下の——ケイロニアの英雄の胤《たね》ではない、それどころか誰の子かも解らないということは……」

ヴィダに理解させるためあえてあけすけな言葉を選ぶユリアスだが、その剛毅な顔は岩ゴケの汁を飲み下したように苦かった。だが相手はやはりタルーアン、それも長い間母親と子どものため聖所を守ってきた巫女なのである。ヴィダはまったく納得がいかないという表情をしている。

「行き違いがあったのだ」

グインはおだやかに説き聞かせた。

「何を行き違ったというんです？」

「子どもを母親から離したのは、そのままでは互いに不幸になることが明らかだったからだ。あの人に子どもを育てることは出来なかった。身も心も健康を損なっていた。子どもは初めから腹にいなかったことにすればよい、シリウスは養子先で平穏無事に育つであろう——と。だがたしかに、巫女殿の云われる通り誤りであった。常の人が運命を思い通りに動かそうとした、それを驕《おご》りと云われてもしかたがない。事実——シルヴィアの病は癒えず、幼いシリウスを危難に遭わせることになった」

「陛下……」ユリアスは痛ましげだった。

「黒曜宮がシルヴィアとシリウスにしたことは多くまちがっていた。これはすべてシリウスの生母たる妃殿下を守り切れなかったケイロニア王グインの責任であり落ち度だ。結婚このかたかよわく繊細な姫の心を理解できず、無骨な言動で傷つけてしまった。俺たちの結婚生活こそ行き違いの連続だった。側についてやらねばならぬ折に戦《いくさ》にかまけシルヴィアをひとりきりにしてしまった。最も避けねばならぬことだった。その間にシルヴィアのしたことを罪と呼ぶ資格は俺にはない」

おのれを裏切った妻をまったく非難しないグインを、ユリアスは呆然とした目で見つめていたが、

「考えたこともありませんでした。グイン陛下にもそのようなお苦しみがあったとは……

…」その青い目には奇妙な共感めいた光がある。

「非礼と僭越を承知の上で申し上げます。新婚時代は蜂蜜酒のようだ、と云える者は長い時間を乗り越えられた幸福者だけです。無骨な男に繊細な女性《にょしょう》を理解するのは至難の業でございます。グイン陛下ならずとも——訳知りを気どって云うのではありません」

ユリアスは口重く続けた。

「……ローデスから嫁いできた妻は、いつもひとり自室にこもって、窓のけしきを眺めていました。針葉樹の森とナタールの流れを……。そのけしきが彼女の目にどう映っていたのか私は思いやれませんでした。どんなに寂しく見えていたかなど。風にも堪えぬ花のような姫君をどう扱ったらよいか、何を話したらなぐさめられるのか皆目わからず、持て余し、あげく独りにしてしまいました。たったひとりで嫁いできた妻は——リディアは孤独のうちにナタールの流れに短い生涯を終えたのです」

いったん言葉を切ったユリアスにグインは云った。

「ロベルトの双児の妹君は事故で亡くなったと聞いているが」

「ロベルトには伏せられていますが、リディアは事故に遭った山荘に、私の異母弟《おとうと》に誘われて出向いたのです……」

ユリアスは剛毅な顔を歪めていた。結婚の夢に破れた痛み、悔悟の念が鏡に映したようにグインの前にあった。

「リディア姫におかれてはまことにいたわしく気の毒なことであった。ベルデランド侯の気持は察するに余りある……！」

若くしてドールに摘み取られてしまった花をグインは心より悼んだ。

「しかしシルヴィアの事情はまた異なる。早急に保護せねば、さらなる悲劇が起きることは必定なのだ」

ユリアスは、はっとしたようだ。また感傷におぼれたおのれを恥じるようでもある。

「そうでした、リディアとはちがう。シルヴィア殿下は拉致されている……」

青い目に理性の光をとりもどす。ユリアスが事態を呑み込んでくれたとグインは見て、

「拉致した者は解っている。力のある魔道師だが、足弱の女性を連れたならその足跡が残る——とサイロン市内はもとより他の選帝侯領もくまなく探索したが手がかりは得られておらぬ。岩屋を襲った者も手がかりのひとつと考えていた。ダナエのケルートを操った者がその黒魔道師であると睨んでいたのだが」

そのケルートは望みが潰えたと悟ったとき精神崩壊を起こしてしまった。

ベルデランドに赴いてシリウスを手にしたグインだが、シルヴィアだけは空しく指の間をすり抜ける、いつも、さだめの砂のように——。

（これは俺があのとき彼女にしたことへの罰なのか）

グインが胸腔から深く息を押し出したとき、

「グイン王さま、シリウスの母親は金色の髪で、やせた女ですか？」

またもや唐突にヴィダが訊いてきた。

「そうだが」

「あたしはその女の夢を見ています。金色の髪の、やせた小さな女が、髪を振り乱して泣いていました、まるで夜泣き鬼《バンシー》のように」

「――シルヴィアだ、と思う。シリウスの母親、俺が別離を告げた妃だ」

陰惨な過去のけしきがよみがえり、トパーズ色の目を曇らせた。

「グイン王さま、母親の嘆きは子を奪われただけですか？」

ヴィダの目はそうとは思えないと云っていた。グインは苦い声音で答えた。

「最後に会ったとき、子を宿したシルヴィアは俺を憎み、悪魔とののしった。彼女を不幸にした張本人は俺だと……」

グインはたくましい両肩を落とした。

「なぜ妃殿下はそのように思いこまれたのだろう？　それでは陛下に云いがかりをつけているような……」

詳しいいきさつを知らないユリアスは怒ったように云う。

「俺が何もしてやれなかったからだ。妃殿下を愛していたが、不器用で……へまな良人《おっと》だったからだ。おのれが一番わかっている」

グインはうなだれた。別の男の子を宿した妻から「悪魔！」と罵られた。短くも不幸な結婚生活でシルヴィアから投げつけられた最も理不尽な刃だった。シルヴィアは何かに取り憑かれたように逆上し、狂気じみたふるまいの数々を露骨な言葉で良人に語った。グインはその苦痛に耐えきれず、彼女に永遠の別離を告げたのだ。

だが――

心を病んだ女人を突き放したこの事は後々までグインに祟った。《シレノスの貝殻骨》は抉《えぐ》りとられてもケイロニアの英雄に痛みを与えた。あたかも神庭の桃を盗んで、飢えた子どもに与えた罪で、未来永劫生きながら肝を禿鷲につつかれ続けることになった神人のように――。

「陛下はそれでもシルヴィア妃を見棄てず探されている。愛おしいと思われるからですね？」

グインの答えはユリアスには思いもつかぬものだったろう。

「――いや。怖れていた」

グインはシルヴィアと再会した時の、まるで最大の敵に会ったように目をぎらつかせ恐れ入るようなせりふを発した彼女を思い出して云った。

「シルヴィアを愛しいと思っていた、それはまことだ。だがいつの頃からか俺はシルヴィアを怖れるようになった。何が彼女をいらだたせ、怒り狂わせるのか解らぬまま、おろおろするばかりで、その心を癒す術もわからず——俺はただ彼女を怖れた」

豹頭王の口からきかされる話にユリアスは愕然と言葉を無くした。おのれより——いやまちがいなくケイロニア一不幸な夫婦があることを知ったのだ。

ヴィダのほうはしばらく考え込んでいるふうだった、ぶつぶつと、

「……〈光の王〉が悪魔のはずがない。お妃がまちがっている。まちがっているのがわからない。子どもとおなじだ……。夢の女は大人なのに、聞き分けのない赤子のように泣き続けていた……」

そのつぶやきさえグインの胸に刺さる。会ったことさえない、グインの《シレノスの貝殻骨》を、タルーアンの巫女は正しく感じとり云いあてるようだ。

しばし岩屋に重苦しい空気が満ちた。

沈黙を破ったのはユリアスだった。

「しかし私には……陛下を悪く云う女性がいるとは思えません。岩屋の女たちはみな陛下を好ましく見ているようです。ルマが巫女とシリウスを救ってくれたと云ったからかもしれませんが、全身からにじみだす人間の格とはおのずと感じ取れるものです」

おためごかしではなかった。タルーアンの野性の勘か、グインのたくましい体つきゆえか、岩屋の妊婦と経産婦たちはタルーアン勇士に向けるような眼差しをグインに注いでいたのだ。

「グイン王さまのお城の人がお妃によくないことを吹き込んだのだろうか」

ヴィダのこれにはさすがのグインも困って、

「ハゾス以下忠臣ぞろいだ。讒言《ざんげん》など云わぬ。シルヴィアはまことに心を病んでいたのだ。そして彼女が病気になったのは俺のような良人《おっと》を持ったせいなのだ」

だが相手はタルーアンである、千万言をついやしてもシルヴィアの病因が理解できたかはあやしい。

それでも――

岩屋の巫女も、タルーアンの血をひく選帝侯も、ひたすらグインのため――そしてシリウスのため――何か力になれないか、と真剣になやんで、考えぬいていた。

そうした時間の果てにヴィダは云ったのだ。

「〈光の王〉を悪魔というには訳があるにちがいない。悪魔にそそのかされたか、魔のものの息を吸い込んだか――それを清めれば、グイン王さまのお苦しみは消える。そうにちがいない！」

「おお、そうです陛下！　ヴィダがシルヴィア殿下の夢を見たのも神秘的な力の作用があったにちがいありません」

ユリアスは目を輝かせていた。

「夢からシルヴィアの消息が解るとでも云うのか」

さすがにグインは半信半疑である。

「私の夢にシリウスが現われたように、巫女がお妃の夢を見たのも、何がしかの絆があったからだと思います。それはシリウスを思う者の心を、ポーラースターが照らし真実にみちびき近づけるからかと。こんな辺境の地ですが、神秘と奇跡を近くしているのです。アスガルン山脈を越えればヨツンヘイム——氷雪に閉じ込められて永遠の時を生きる女王がいると云う者もいます」

ユリアスの言葉がグインの胸を強く揺り動かした。ヨツンヘイムの地下王国を治めるクリームヒルドの記憶と共に——。

「ベルデランド侯はシルヴィアの夢からその消息をたどることも出来ると云うのか？」

奇跡どころかまさに夢のような探索方法である。だがたしかに、夢の中でなら時も空間もやすやすと越えられる。夢占いは〈まじない小路〉でひんぱんに行なわれ、《夢の回廊》を利用する魔道もグインは知っていた。

魔道師の塔の学者たちなどは、《夢》というものが人間の脳にとって非常に重要な経路であり、《真実》にいたる回廊であるという説を唱えており、グインも興味を寄せてはいた。ことにグインの場合、失われた記憶が、何かのひょうしで夢の回廊を通って訪れることもありはすまいか、との期待があったからだ。

それに——

ヴィダは霊能力をもってナタールの水害から人々を救っている。

グインはユリアスと巫女に頷きかけ、天窓を見上げた、岩に切り取られた空からじょじょに輝きが失せ、黄昏がしのび寄ろうとしていた。

3

それから十タルザンほど後のこと——

グインとユリアスとタルーアンの巫女とは、三角をつくって毛皮のしとねに座していた。三角形のちょうど中心の真上に天窓がきている。

ヴィダはかるく目を閉じすでに瞑想に入っているようすだ。呼吸が深く静かになり、あぐらをかいた姿は座像のようにも見えた。

グインも精神を研ぎすます。トパーズ色の目を半眼にして、ゆっくり大きく息を吸い吐き出す。

まだ空は明るく、星の光をとらえることは出来ない。

(——だが、そこにあるのだな。何千年もの間……いや、もっと遥かな時間を、星辰は人々のささやかな営みや、国が興り滅びるさま——さまざまな運命を、ひとつながりの織り物として見おろしてきたのだ)

悠久のまなざしにケイロニア王と王妃の諍いはどのように映しとられていたか？　ヴ

ィダの云うとおり星に心があるならば。そう考えるとたくましい胸の奥がうずく。

ユリアスは豹頭の横顔をじっと見つめていた。

さらに十タルザンか、二十タルザンかの時が過ぎていった。

「手を――」

ヴィダが両手を開くようにして、隣り合う二人の手を求めて来た。三人は手を繋ぎ合った。かすかな、ごくかすかな星光ほどのささやきが聞こえた。

(昼の星は目にとらえられぬ。光の重さは手で計りとれぬ。たましいも同じ――目にも手にもとらえられぬ)

ヴィダの声だった。

「こうして手を繋ぐことで、巫女は次の巫女へ星辰の声を聴く力を伝えるのです」

ユリアスが説明した。

「うむ」

グインは頷き、さらに精神を集中させた。

ヴィダとユリアスの手の温もり、最初はそれだけだった。繋いだ手から伝わってくるものは、あやしい感覚でも、劇的な体をつらぬく衝撃でもなかった。

それでも《何か》が送り込まれてくる感覚をグインはとらえた。

それは微細な感覚だった。

たとえるならルアーの光に溶け込んで今は見えぬ星から、はるかな距離をへだてて地上にふりそそいでくる光の粒子のひとつひとつを感じ取る——それほど繊細な感覚だった。この地上における最も穎敏《えいびん》な感覚とも云えた。

大地と星の間にある距離を正確に知り、天空にまたたく星のひとつひとつがルアーのようにみずから熱を発すると知るのは、大魔道師以外には限られた者だけだ。常の人は足の下にある大いなる大地が、広大無辺の星海の中では、さざれ石より小さいなど想像もできない。しかしグインは《七人の魔道師》との戦いのさなか、緑と青の宝玉として認識している。

タルーアンの巫女は、この世界の人には体系立てて理解も解説もできない大いなる摂理を、霊能力という言語を超越した《架け橋》をもってそっくり伝えたのだ。

(星辰のささやきを聴くとは、このことか!?)

調整者の感受性とでも云うべきであった。

世界で最小の粒子が燦々とふりそそぐ、この感覚にグインは戦慄した。

(この重さなき光——非常に細やかな粒子によってこの世界は成り立っているのだ)

このときグインが感得したものが、魔道師どもが生涯かけて追い求める究極の智——世界創造の謎にもかかわる重大な叡智であった。

かぎりなく小さな単位、ほとんど無きにひとしい質量のものを、ひとつの星ほどもエネルギーを内蔵すると云われるグィンが、細雨の粒であるかのように受け止めてゆく。とうてい現世《うつしよ》の人間には不可能な、超越した存在の感覚であり特権であった。

さらに、星の粒子は降りそそいだ。はるかな距離を隔てて降りそそぐ、地上に影響を及ぼすはずもない星のエネルギーのはずであった。が、微粒子もその数が急速に増し、つらなり、霧が細雨となり豪雨に転じ怒濤の勢いとなって、グィンの内部にそそがれてゆく。

もしこれが黒魔道師グラチウスなら、あるいは〈ドールに追われる男〉イェライシャであっても狂喜する事態であったろう。宇宙の叡智を手に入れればすなわち、この世界の法則を自在となせる——魔道による支配がかなうのだ。

しかしグィンは超越した感覚がおのれの内部で目覚めようとも、畏敬にうたれはしたが、おのれ自身の利となるよう世界を動かそうとは考えなかった、一瞬たりとも。世界を分解しうる究極の叡智、それは物質的エネルギーとなんら変わりなかった、宇宙的エネルギーはグィンを透過し深奥へと達し、核にあるものを動かそうとしていた。

おそるべき変化の予兆は熱でも痛みでもなかった。グィンがおのれのうちに感じとったのは虚しい空白であった。

ポーラースター以外の多くの星のエネルギーも加わり、魔道師にも計測不可能な膨大な熱量がたくましい身体に集りつつある。その危険性にグィンは気付かぬまま、おのれに虚孔をうがった、地上の、とるに足らぬ平凡な、金色の髪の、やせて小さな女、失われた妃を思っていた。

（どこにいるシルヴィア。なぜ失踪した？　なぜ──俺を悪魔とそしり、憎まねばならなかった？）

世界そのものを分解し手中にできる智を、日常の──少なくともグインにとっては──地上的な問題にそっくり投げかけた。

──と、かすかな、ごくかすかな声が耳を打った。

シルヴィアからの答えか？　否、人間のものではなかった。

《王さま、あなたにはこの世界の神になる欲望も驕りもなかった……》

水晶か銀の鈴をふるわせたような笑い、否、響きだった。その響きが消えたとき──ぐらっと激しい揺れが見舞った。しかし揺れたのは岩屋の床ではなかった。グインという存在だけが強大な力にとらえられ、その力場のうちに生じるエネルギーによって空間ごとねじ曲げられたのだ。

両の手を繋げていたはずのユリアスとヴィダが忽然と消え失せる。

（これは何だ？　何が起きた!?）

叫びを上げる間もなく、グインの意識は暗転した……

　グインが意識を取り戻したとき、視界は暗黒に塗りつぶされていた。

（ここは何処だ？）

何も見えぬがタルーアンの岩屋でないことは確信した。百スコーンを超える巨体が瞬間的に別所に運ばれた、としか思われぬ。

（魔道か？　これまでのことはすべて魔道の罠であったと云うのか？）

疾く疑いがよぎったが、すぐに否定した。

岩屋の清澄な空気と巫女の清廉な佇まいに偽りは影すらみえなかった。よしんば暗い力が介在していれば、グインの後ろ首の毛はちりつき鋭敏な五感に訴えただろう。しかし魔道の罠でなければ、四方八方から暗黒に取りまかれているのは何のからくりか？

（ここは何処だ？）

　ふたたび上げた問いは音にもならず、グインの内側のみに響きわたる。身動きもできぬ。闇の檻——否、柩《ひつぎ》にでも囚われているかのような気分がする。風の流れもない。においも感じられない。五感がまったく働かないのだ。

（常の空間ではないのか？）

　グインなればこそ沈着冷静でいられるが、常人なら閉塞感と恐怖から半狂乱になってもふしぎはない。闇の柩に押し込められながらグインは考えをめぐらしていた。

（情況はわからぬが危険は感じられない。俺の直感が云っている。それどころか——こ

の闇の中にいると落ち着くな。なつかしい……慕わしい気分にさえなってくる）

この感覚はいずこから来るのか？　もしや失われた記憶にかかわっているのだろうか——と、内なるおのれの引き出しを開こうと試みるが、やはり、ある一定の領域はけっして彼の自由にならなかった。

ヴィダの霊能力を介して得られた、特別な、超越の感受性はかれの探究心に何らかの手助けをしていた。じょじょに変化が視界にあらわれた。闇の領域に光が、始めはまだうすら暗いままだったが、うっすらした光の部分がひろがってゆき、にじんだ光と色あいとがはっきり捉えられるようになり展望がひらけた。おどろくべき景観が——。

漆黒の闇に囚われていると思った数瞬前と、それはあまりにも異なる景観だった。

まず、おびただしい光がある。地上を照らすルアーのような光ではない。おびただしい数の光が、宝冠にちりばめられた宝石のように輝いている。見渡すかぎり全方位に輝いているそのさまは、大海に撒き散らされた夜光貝の欠片のようであったかもしれぬ。

否、地上の何ものかに喩えられるものではなかった。

グインに授けられた超越した感覚は、光と光の間の距離が、地上の物差し《スケール》を百億の何十倍かしなければ追いつかないことを理解させていた。

気が遠くなるほど広大な海に撒き散らされた輝き——そのすべてが地上のルアーに似た性質をもつ——星であることを——グインの叡智は明らかに解いていた。

（ここは星々の海だ。俺は〈星の大海〉を漂っている！）

おのれの二本のたくましい足の下に大地はない。それどころか〈星の大海〉に天も地もないことも理解されていた。

（なんと美しいけしきであろう。いかなる絵師にこの壮大な絵を構想し、描くことができるというのだ？）

調整者の視力と智を授けられてなお、グインの中原的な浪漫を愛する心は失われておらず、星の海のゆたかな色彩や、光雲や星の暈《かさ》や塵《ちり》につくりだされるさまざまに神秘的な象《かたち》に胸をうたれずにいられなかった。

〈星の大海〉には竪琴《リュート》や、神話の怪獣そっくりだったり、アスガルンのオーロラを思わせるはためきが見出せる。

だが――

超常の智を手にする今グインは疑わずにおられぬ。音が響かぬのは空気がないからだ。この海はアスガルンの永久凍土より低温の世界。常の人が生きられるはずもない。

（なぜ俺はこうしていられる？　星辰に描かれた神秘の絵に見蕩れる心をもったまま、なぜ生きていられる？）

だが、巨大なあやしい花のような紅色の星雲や、馬の頭部をかたどったような暗黒、球状に集った星々の中心から、渦を巻いてまるで腕を伸ばしているように見える星の集積——遥かな光と広大無辺の空間にしか描き得ないけしきを前にしては、いかにも人間的なちっぽけな悩みに思われてくる。

（それにしてもなんという美しさだろう？　恐ろしさなどみじんも感じない。それどころか慕わしく……なつかしい気持ちがこみあげてくる。このけしきは俺の失われた記憶にあるものだろうか？　俺はかつて〈星の海〉を見たことがあるのか？　こうして漂っていたことが……）

疑問がたくましい胸をひたしてゆく。

（それは——アウラ、ランドックとも深く関わっているのか？）

つぶやきを漏らしたとき、瞬間移動の直前に聞いたあの声が響いた。

《王様》

その声はグインの頭の中に直接送り届けられた。

その声の主は〈星の海〉の闇の中に、あやしく青くすきとおって見えた。

長いゆたかな髪をうちひろげ、しなやかな細身に薄ものをからみつかせたそのなりは、皮膚が変化したように見えなくもない。胸の隆起もなだらかな腰つきもあらわだが、みだらな感じはしなかった。整った顔だちはアラバスターの像がそうであるように生々しさを欠いている。淡い青紫色のくちびる、まぶた、そして猫を思わせる大きなつり上がった目に虹彩というものがなかった。

《ユーライカの瑠璃か?》

《——はい》

平生はグインが腰につけた袋におさまっている瑠璃玉の霊体だった。たて続いた奇怪な現象の解答をグインは守り珠の精にもとめた。

《さいぜんまでタルーアンの岩屋に居たはずだ。なぜ俺は〈星の海〉のただ中を漂っているのだ。これは魔道によるものか?》

ユーライカは腕をひらひらさせた。手指をそなえていないひれのような腕だ。腰から下はひとつにくっついており、その裾は闇に溶けひろがるようだ。この姿を目にすれば誰もが深海の妖魅《セイレーン》を思うであろう。もし、この大海を渡る船人がいたとすればだが。

ユーライカは答えた。

《魔道と呼ばれる力はかかわっておりません。この地のものがポーラースターと呼んでいる星の粒子の運動が早まったことをきっかけに、他の星々のエネルギーが連動して王様に吸い寄せられ危険が高まったのはたしかですが》

《危険とは——〈七星の会〉と同じような災禍を指しておるのか?》

七星の会においてグインは黒魔道師どもに心臓を狙われた。キタイの竜王ヤンダル・ゾッグは豹の心臓を手に入れ、獅子の宮を構成する七つの惑星が、ひとつに重なった瞬間に生じる天文学的なエネルギーを利用し、ケイロニアを、中原を——否、全世界を支配しようともくろんだのだ。竜王の企みはグインそれじたいが発動した超エネルギーによって潰えたが、このときの戦いのまきぞえになりサイロンの街は破壊されたのだ。
《あのまま際限もなく光のエネルギーをとりこみ、王様の核までが動かされたら、おそろしい力が解放されたでしょうね》
《サイロンでヤンダル・ゾッグを倒した——あの光か？》
ユーライカは答えぬ。
グインはたたみかけて問う。
《岩屋は無事か？　あの家の中の者に害は及ぼされておらぬのか》
《王様のお体に傷など付いてはおりません》
グインにのみ関心を向けるユーライカ、その魂は鉱物そのままに冷ややかであった。
《ユーライカ、俺の臣下の安否だ。ベルデランド選帝侯ユリアス、その母親のヴィダ、シリウスは無論のことタルーアンの母親や赤子たちも気がかりだ。教えてくれ》
《その者たちに災いはありません。王様は危険を回避なさいました、とっさに講じられたお手際はみごとなものでしたわ》
《何かしたおぼえはないが、もしそのままだったら何が起きていた？》
《おそろしいことが——》
ユーライカはうす青いくちびるをつぐんだ。

《竜王より七星の合一より強い力をタルーアンの巫女がもたらしたと云うのか？》

《いいえ、その者は王様のお力を制御する仕組みにたまさか触れただけ。王様の真の力――その核に嵌め込まれたものが覚醒し、宇宙的な力が解放されたとき、そのエネルギーによって〈力の場〉が形成されます。強大な力場は地軸をゆがめ……蛮族の岩屋などひとたまりもありません。災禍はアスガルンの山裾をつらぬき、ヨツンヘイムの地下にまで及んだときカナンの最後の日が再現されたかもしれません》

カナンの最後という言葉に、グインはことの重大をさとった。

《あやうくノスフェラスを作るところだったと云うか……。では訊くが、さいぜん俺に呼びかけたのはユーライカ、お前か？　お前のおかげで悲劇をまぬかれたのだな》

《いいえ、すべて王様のお力でございます》

《切り抜けたおぼえなどないぞ》

《何もなさらなかったからです。莫大なエネルギーを手中にしたと知りながら、ご自分のためにその力を使おうと思われなかった。そのような執着の心は精神を揺らがせます。揺らがぬ心の持ち主であられたからこそ、これほどすみやかに力の移送がなされ、星々のエネルギーは〈地の力場〉に引き込まれること無く亜空間に瞬間移動したのです》

ユーライカの謂《い》いをグインはすべて理解したわけではなかった。ただ、そっくりそのまま記憶に刻むことにする。後のために。そうして改めて問うた。

《ここからケイロニアに帰還するすべはあるのか》
パロ内乱において古代機械を使い、何処とも知れず「移動」したグインは、記憶を失って中原に帰還した。もしその「移動」が記憶障害の原因であるなら、また同じような害をこうむっては堪らない。
《大丈夫です。この宇宙は現実のものではありません。王様のお心と星の過剰エネルギーが作り出したかりそめの宇宙。王様のお体は今もあの岩屋にあって、精神の回廊を渡ればお戻りになれます》
《よくは解らぬが、つまり俺はおのれの夢の中にいるのか……》
《星の海》を漂って生きている謎はこれでとけたが、グインは失望していた。シルヴィア探索はまたも不首尾に終わってしまった。
《ユーライカ、俺はすぐにも戻らねばならぬ》
《王様……》
ごくわずかに鉱石《いし》の心が揺らいだようだった。
《ユーライカ？》
《この夢は王様の夢であると同時に星々のみる夢――。さいぜん王様は星のささやきをお聴きになりました。光の微小粒子を感じ取り、星の心と親和を遂げられました》
何を云おうとしている？　とグインはユーライカの心をあやしんだ。

《夢にも真実があります。過去のできごと、記憶、その人の精神の欠片が集まっているのです。この世界も例外ではありません。王様が求められる答えもあるのです》
　グインははっとした。
《シルヴィアが？　シルヴィアの手がかりが夢の中にあると云うのか？》
　ユーライカの答えはグインの求めるものではなかった。
《いいえ。お妃のためではありません。これは王様の夢。王様の記憶、失われ——王様の苦しみのもととなった空白にのみ答えます。王様は瞬間移動の刹那に「なぜ？」と問われましたね。王様が真摯に求める、苦痛の本体を星々は識《し》っています。お妃はその本体ではない。王様に傷をつける役割を負わされたのです。よこしまなるものは、お妃を利用して王様の力を弱めようとしました。巧妙な罠をめぐらして、しかし精神世界から爪痕を消すことはできません……》
《よこしまなもの、その爪痕とは何なのだ。シルヴィアとどのように関わっておる？》
《あれが悪魔の爪痕です》
　先端の透き通った腕が、闇の一画を指し示した。
　紅色の星雲があった場所だ。美しく紅い光の色合いが変化をきたしていた。星にも健常とそうでない光があるとするなら、病んだ毒々しいと云える光を放っている。それは光の渦を巻きながら、広大な星の海に異様な存在感をあらわしている。

《この光は――？》

その禍々しい光を以前にも見たことがある。共に警告がグインにもたらされた。

《危険――異様に強い、邪悪な――真紅の目……》

広大な宇宙――この概念はケイロニア王ではない、調整者としての認識がもたらすものだ――に、さらに小さな宇宙がひそみ、その核に真紅の《目》がはめこまれている。

邪悪な真紅の目の持ち主に対峙するうち、グインは喉から野獣の唸りをもらしていた。

《あれが、王様に「なぜ？」と云わせたもの。王様を怖れさせた刃、お妃様を刃そのものに変えて、王様の精神を切り裂かせるよう仕向けたものの正体なのです》

ユーライカの声が冴え冴えと響きわたった。

《なんだと――？》

《お妃様は王様を悪魔と呼んだ。けれど王様は悪魔ではない。ふたりの間にあるものをねじまげた〈力の場〉があったのです。それが王様とお妃を引き裂いた。罠を仕掛け、王様にスナフキンの剣でお妃を切らせたのです》

その直後にグインは聞いた、おのれの声を。

「きさまは幻だ。シルヴィアじゃない」

グインは絶叫し、スナフキンの剣を振り上げ振り下ろした。

「きゃあああああ！」

絶叫を上げる女はシルヴィアだった。

魔道のあやかしではなかった、生身のシルヴィアだ。その証しに魔剣は当たったと見えたとたん、消え失せていた。

そのときグインが切ったのは、現実《うつつ》のシルヴィア、まちがいなくケイロニア王妃シルヴィア皇女であった。

「……切ったわね」

シルヴィアは金切り声を上げた。それより後えんえんとグインを苦しめ、ケイロニア宮廷全体を巻き込んでいった狂気の第一声を——鬼女のように目をつりあげ、口のはたに泡をためて声をかぎりに放った。

「よくも、あたしを切ったわね！　人殺し！　やっとわかったわ、これがあなたの本心なのよ。あなたは、あたしを憎んでいる。——お父さまにいいつけてやる。ケイロニア中にひろめてやる。良人《おっと》のくせに、良人なんかじゃない！　豹の化け物——悪魔、あたしを殺そうとずっと思ってたんだ。寄るな、あたしに触るな悪魔。いや、いやあぁぁーッ！」

すさまじい狂気を噴出させた絶叫。グインの鼓膜を伝わって精神に致命的な攻撃をあたえる、あの声をふたたび聞かされ、心臓を尖った爪につかまれる生々しい苦悶を味わった。

寒冷も呼吸苦も感じない世界で、豹の心臓に切り裂かれるような幻痛《いたみ》が走った。

どれだけの長さかは計りしれなかったが、拷問に耐える者のようにグィンは時を耐えるしかなかった。

幻魔とそれのもたらす苦痛が消え去ったあと、ようようグィンはユーライカに問うた。

《悪魔に仕向けられた……？　この俺がシルヴィアを切った……スナフキンの剣で、そのようなことがあったと、いつのことだ？》

《パロの内戦です。王さまの二度目の記憶喪失の折りに起きたことです》

松明に照らされた野営の天幕。戦支度のおのれの姿。真紅の目をぎらつかせた悪魔のうつし身が幽鬼のようにおぼろに浮かんで消えた。

《思い出されましたか？　でもお妃を切ったのは夢の出来事。夢の回廊が王さまとお妃を繋ぎ合わせただけ。王様の精神を攻撃するためでした。王様はそののち悪魔と戦い〈星の船〉におびきよせて乗せ、宇宙の涯へと葬り去りました。パロのため、全中原のため――その引きかえに、お妃の信頼と愛を失われたのです》

これだけは伝えねばならぬと、

《王さまは悪魔ではありません》

ユーライカの声はいちだんと強まった。冷たい鉱石に閉じ込められたグィンへの思いが伝わって来た。

《シルヴィアを狂わせたのは俺ではなかった……確かか、それは？》
《王さまではありません。お妃を不幸にしたのはアモン、真紅の目の悪魔》
しかしこのときすでに、星海を漂う妖魅はその輪郭を淡く消え入らせようとしていた。
《ユーライカ⁉》
グインの問いと叫びは音など伝わるはずのない闇に呑み込まれて消えた。
次いで――
ふたたび空間がねじれる――膨大なエネルギーが別の向きにねじ曲げられ、別の次元に振り替えられる名状しがたい感覚に襲われていた。
なつかしく、おそろしく、美しい星海。いつかまた戻ってくる時もあるのか？　感慨の暇さえもゆるされず、億千万の星々、渦状銀河、星雲、暗黒物質すべてが視界で混ざり合い、その渦中におのれの意識も捏《こ》ね合わされる。強烈な不快感と、激烈な頭痛にさいなまれながら、グインはすさまじい力場にとらえられる感覚をふたたび味わった。

「母さま、しっかりして！」

帰還したグインの耳にまっさきに届いたのはユリアスの叫びだった。

ユリアスはヴィダを抱き起こし革袋の口をさしつけている。酒の匂いが岩屋に漂っていた。

　グインは頭をひと振りする。頭の芯に残るかすかな痺れだけが異変の名残であった。

　ヴィダは蒼白だったが気付けのカエデの酒《ユール》が功を奏したか、しばらくして弱々しい呻きをしぼりだすと目を開けた。

「巫女殿、大丈夫か？」

　グインが気づかうと、

「大丈夫。……慣れています」

「すまぬ母さま、毎回つらい目に合わせて」

　ユリアスの顔色もよくなかった。

（これが《夢の回廊》の代償なのか……）

「すまぬな、俺のために」

「……シリウスのためです」

　ヴィダはそう云って口の端を持ち上げた。笑う努力をした。

「シリウスに星辰の加護があればよい」

　巫女の言葉にグインは頭上を見上げた。岩の間からのぞく空は翳って、星々を見分けることができた。中心のひときわ強い輝きこそポーラースターだ。

　ユリアスが樹脂ろうそくに灯《ひ》を灯す。おそらく一ザン以上が過ぎている。

「お妃をバンシーに変えたのはグイン王さまではない。悪魔に仕向けられたのです」

ヴィダもまた、グインとシルヴィアに亀裂を作った事件を、夢の世界を渡って見ていたのだった。

ケイロニア軍を率いるグインの天幕に、悪魔《アモン》が訪れ、グインとシルヴィアの夢を繋ぎ合わせた。グインは本物のシルヴィアとは思わずスナフキンの剣で斬った。

シルヴィアは夢でグインに斬られたことを真実の出来事として受け止め、それ以降けっして良人を許さなかった……。その上さらにグインはパロ内乱終結時にこうむった記憶障害によって、「シルヴィアを斬った」ことを忘却してしまったのだ。

「陛下と母さまは、名高い魔王子アモンを見たのですね」

ユリアスは少しく残念そうなためいきをつく。

「ケイロニアの戦記によれば、きわめて美しい少年だったと聞きおよぶ……」

「ちがう！」ヴィダはユリアスを激しくさえぎった。「おそろしく、みにくく、ねじくれた悪魔だ」

「俺にも、そのように見えた。怪異な光の渦に巣食った、ひとつ目の怪物だった」

グインは静かに答えた。アモンに対しての憎悪はグインも強い。だが悪魔は永遠に葬った。異空間のけしきにその最後の名残りが見て取れた。記憶の細部はよみがえっていないが、ケイロニア軍記に補完してもいる。パロ内戦においてケイロニア軍は《夢の回廊》の黒魔道により百数十名の戦死者を出している。悪夢によって自ら命を断ったり、同士討ちをした結果だった。ケイロニアが魔道の戦いに支払った最も不条理な犠牲に数えられている。

魔王子アモンと怖れられたものは人々の血肉をほふっただけではなく、精神までもてあそび致命的な損傷をあたえた真性の悪魔であったのだ。

（シルヴィアも犠牲者のひとりだった）

グインはヴィダを介抱するユリアスに向いた。

「ベルデランド侯、母君をたいへんな目に会わせてしまったな」

「逆にご心配をかけてしまいました。――それにしても、大きなことを云っておきながら、シルヴィア妃の手がかりが何ひとつ得られないとは。悔やしくてなりません」

ユリアスはグインに深く頭を垂れた。

「成果はあったぞ。たしかにシルヴィアの居所はわからぬ。だが探索の妨げになっていたものが――俺の方に問題があったことがわかった。おそらく探索の妨げになっていたものだ。それが取り除かれたぶんシルヴィアの探索は進展した」

「妨げとは？」

ふしぎそうに問い返すユリアスに、

「母君はわかっておられよう」

ヴィダはだいぶ血色がもどってきた顔をほころばせていた。

「シリウスと〈光の王〉さまのため、したことです」

パロより帰還し再会したときからグインの心をとがめていたもの、それこそシルヴィアが「なぜそれほどまでに良人に怒り、憎んだか」という一点に尽きた。その不条理に答えが与えられた。無論、それでシルヴィアの問題が一挙に解消されたと思うような能天気ではないが、胸のうちに深く刺さり込んでいた《シレノスの貝殻骨》のかけらは消え去った。

（今なら、シリウスの視線をまっすぐ受け止め、我が息子として抱きしめられる。もう俺はあれの母親を怖れていない。もう一度彼女に見《まみ》えたなら、あれが誤解であったことを説いて聞かせることも出来る）

グインは温かな気持ちになって腰の隠し袋をまさぐった。

4

翌朝、グインは、ユリアスと騎士たちと共に馬上にあった。

シリウスは、ヴィダに抱き上げられて、ユリアスの乗馬の鞍の前に付けられた籠に入れられた。やわらかな毛皮を敷きつめ両足を出せるよう工夫された特別な籠だ。

シリウスはたいそう機嫌がよかった。眠り足りて両の目をぱっちりさせ、頬はつやつやと輝いて見えた。

グインは幼子の腿が即席の輿にこすれてはいないか確認して、

「元気そうだな。夕べはよく眠れたか？」

トパーズ色の目を細めた。

シリウスは目を大きくみはった。グインの言葉にいたわりと情を感じとれたか？　少なくとも豹頭への怯えや嫌悪はまったくなく、豹の髭が頬に触れたせいでくすぐったそうに身をよじる。

「シリウス」

グインに名を呼ばれると、

「ぐぅいーん」

たどたどしく義父の名を口にした。

今はそれで十分だ――と豹の目に特別な深い光がうつる。

(無辜《むこ》の子のひとみは、それをのぞき込む者の鏡にも等しい。――この子に教えられた)

わだかまりがあったのはおのれの方だった、と今だからこそわかる。

「これよりユリアスの城にゆくぞ」

「ゆぅりあーす、ぢぃだーの?」

「そうだ、シリウス。その城にお前と会いたがっている者がおる。もとよりお前の命をつなぎとめ、名を与えたお前のもうひとりの親だ。ロベルトと云う」

グインが云い聞かせると、シリウスは神妙そうな顔つきをした。屈強な騎士たちに左右を堅く守られている。常とちがう空気を敏感に感じとったからなのかもしれぬ。桃のような頬が少しく引き締まって見える。養母から引き離せば泣きだすやもしれぬ、というグインの懸念はよい方に裏切られた。

(さすがにアキレウス大帝の血をひくだけはある)

安堵しつつも皇帝家の血筋に胸の奥底で期待をかけている。

岩屋の前に立って見送るタルーアンの巫女をふりかえり、

「ヴィダ殿、俺はユリアスとロベルトと、この子の行く先について話し合わねばならぬことがある。どのような結論に至っても、かならず岩屋にもどって俺の口からお伝えするが、それでよいか？」

サーリャの巫女は豹頭の男にむかって頷いたが、その顔はタルーアンらしからぬ感情を見せていた。

（岩屋の子はみなひとしく平等と云っても、ユリアスが連れてきた子だ。巫女にとっても特別な――孫のような慕わしさがあるのかもしれぬ）

マリニア姫を目に入れても痛くないほどかわいがり、グインの二世の誕生を心待ちにしていた老帝を思い出さずにいられない。

「〈光の王〉のすることは何もかもシリウスのためになる、とあたしは信じてます」

ヴィダは北原からの風に吹かれながら、ナタール城に向かう一行の後ろ姿をいつまでも見送った。

「ロベルト、大儀でないのか？」

ナタール城の病人に提供された一室で、グインが上げた声には予想外の驚きと喜びがあった。

ローデス侯ロベルトは寝台に上半身を起こしてグインたちを迎えたのだ。

「グイン陛下――このようななりで拝謁つかまつる無礼をおゆるし下さいませ。《大喪の儀》と《即位の典礼》に相次いで席を欠いたことも重ねてお詫びいたします」

ロベルトのさびしげな美貌は青白かったが、言葉使いも声の調子もしっかりしている。二日前まで昏睡状態だったとは信じがたかった。

「欠席は残念だった。オクタヴィア陛下も案じていらしたが、病ではしかたがないとおっしゃっていた。気に病むことはないぞ」

グインの言葉にロベルトは安堵の息を漏らす。

ロベルトの復活に驚かされたのはユリアスのほうだった。

「ロベルト、起き上がったりして本当に大丈夫なの……か……？」

ユリアスの目は病室の隅に控えている少年に留まる。ロベルト付きの小姓のかたわらには車のついた配膳台があったのだ。

「ルース、ロベルトは食事をしたのか!?」

ユリアスの勢いに小姓は気圧されたようすで、

「……は、はい。ミルク粥を召し上がりたいとおっしゃられまして」

「ロベルト、粥が食べられるようになったのか？　医者は白湯《さゆ》しか無理だと云っていたのに」

「シリウス殿下にお会いするのに力をつけねばと思いましたから……」

ロベルトは恥ずかしげに小声で答えた。

ここでユリアスがシリウスを床に抱き下ろすと、小さな足でとことこと、寝台に歩み寄ってじっとロベルトを見上げた。

「ろべると」

シリウスに呼ばれ、

「シリウスさま――」

ロベルトはシリウスが立った側に体をずらし両腕をいっぱいに伸ばした。寝台から落ちそうになる。あわてて小姓が駈け寄るより早く、ロベルトの細い指先を幼い手がくるみこむように握った。

「ろべると」

シリウスはもう一回呼んだ。

「ああ……。ヤーンは幼き尊い命を与え給うた。感謝いたします」

これまで多くのものを彼から奪っていった神ではあったが……。漆黒のびろうどのような双眸から涙がはらはらと落ちた。

「ろべると、しりうすの――？」

シリウスはグインをかえり見てきいた。

「そうだ。ロベルトはシリウスの名付け親だ」

シリウスはロベルトの闇のひとみをじっとのぞきこむ。何か考えこんでいるように――いや、大人には感じられないこまやかなものが幼い目には見てとれるにちがいないとグインは思った。

（ロベルトとの絆を感じている。――やはりアキレウス大帝の孫だ）

「思ってもみませんでした。シリウス王子が初対面のロベルトにあれほど懐いてしまわれるとは」

ユリアスは嬉しそうに云いつつも一抹の羨ましさがあるのだった。

シリウスはロベルトの手を握りしめ、しばらく放そうとしなかったのだ。ロベルトも喜んで抱き上げようとしたが、衰弱しきった身には無理なので、ユリアスが抱き上げてやって、ロベルトは幼子の柔らかな髪やなめらかな頬を何度となく撫でた。時おり繊細さの片鱗を見せるシリウスだが、ロベルトの指先を嫌がるようなそぶりはなかった。

ロベルトとの対面が終わったシリウスは小姓のルースと侍女が別室でガティのミルク粥をあたえ寝かしつけることにした。

ロベルトの頬には淡い赤みがさしていた。寝台に羽根布団を重ねもたれてはいるが、アキレウス大帝の孫の無事を確かめ、ずいぶん生気をとりもどしている。

「ロベルト、ユリアス」

　ふたりの選帝侯を前にしてグインは口を切った。

「シリウスをこれからどのように育ててゆくか、おぬしたちの意見を聞いておきたい」

「グイン陛下——」

　ユリアスは声を上げ、ロベルトは覚悟していたとばかりくちびるを噛み締めた。

「シリウスが置かれている立場はむずかしい。前ケイロニア皇帝の血をひく唯一の男児だ、農家の子として一生を送ることをヤーンは許さなかった」

「おっしゃる通りです、陛下」

　ハゾスと工作を進めたロベルトはうなだれた。

「——ブレーンの村落だけが避難していなかったのは、ナタール沿いの番所に詰めていた騎士たちが何者かに殺され、連絡がいかなかったからだ」

　騎士団殺しを告げられてロベルトの顔はふたたび紙のように白くなる。

「ローデスなら安全と考えた私が甘かったのです。シリウス王子の素性が漏れるはずがないと……過信がありました」

「ローデスには災難であったが、魔道がかかわっているようだ。シリウスが岩屋に預けられているとダナエのケルートに囁いた者がいる。亡きライオスの日記を用いてたぶらかし——日記はまじない文字で綴られていた」

「ライオス殿の日記……」ロベルトははっとしたように、「ユリアスから聞いております。ダナエ侯家がライオス殿の後継にシリウス王子を望んでいるのだと」

「そうだ。ダナエ侯家がシリウスに執着するよう、仕組んだ者がいるのかもしれぬ。だがケルートは聴取に答えられる状態ではない。ローデスの番所の騎士を殺めさせた罪状を認めさせることも今はむずかしい」

グインの声音はくぐもった。

「陛下、シリウス王子はダナエ侯ライオスの子ではない、という証しはあるのでしょうか？」

ユリアスが思い切ったように訊いた。

「確証はない。――が、シルヴィアが身ごもった頃、ライオスはアトキア侯の息女と婚約がととのったばかり、時期的に不自然と思われる。それにシルヴィアには……」

このときグインはある男を思い出していた。傷だらけの顔をした青い目の男。ひどい拷問にあってさえ「俺は勝手に王妃を思っていた」と云い切ったシルヴィアの従者。グラチウスの手先となりグインの敵にまわったが、シルヴィアを思う心に偽りは感じられなかった。父親はあの男ではないのか？　グインは心ひそかに思っている。

「パリスという男ですね。シルヴィアさまに長く仕えていたと、アキレウスさまもご存知でいらっしゃいました」とロベルトは云った。「……ですが、シルヴィアさまが馬丁や御者に惹かれるとは思えません。シルヴィアさまが真に愛しておられたのはグイン陛下だと思います」

ロベルトの闇のひとみはひたとグインに向いていた。

（その愛を俺は自らの剣で断ち切ってしまった）

真の犯人がわかった今もグインの痛みは完全には消えていなかった。

「シリウス王子はグイン陛下のお手元で育てられることが望ましく思われます」

ロベルトの発言に慌てたのはユリアスだった。

「陛下、私はロベルトとは異なる考えでおります。母君さまには芳しくない噂があり、それに王子の目は他の子とちがっています。ふた親が揃っていても周囲から奇異の目をそそがれることはあるでしょう。それは宮廷でも選帝侯の家であっても同じと思います」タルーアンの愛妾の子として生まれたユリアスは言葉をつらねた。「シリウス王子には皇位継承者の資格がある、これはたいそう重く動かしがたいことですが、あの幼い子を中央の宮廷の大人たちの思惑の渦中に放り込むのは酷すぎる……かと存じ上げます」

ロベルトは複雑な表情をうかべて云った。

「……もとより、シリウス王子が、お生まれゆえ心ないいじめにあわないよう、ローデスの片田舎に縁付ける策を提案したのは私でした。グイン陛下に正式に認められた今こそれも余計な……バスの心配となりましたが。王子のお立場をわかった上で愛情を注いで育てられる者が見つかれば問題はないかと存じますが……」

「ロベルトは、しかるべき守役と乳母に養育を任せるべきと申すのだな」

グインの落ち着いた声にユリアスはさらに慌てた。

「陛下、黒曜宮の女官に母代わりをさせるのですか？　それともまさか愛妾殿を母親役にとお考えでは……」

「なりません！」ロベルトの声はユリアスがびくりとするほど鋭かった。

「ヴァルーサさま――グイン陛下のご愛妾だけは、シリウス王子の母代わりにしてはなりません。それではシルヴィアさまがあまりにも……」

「ロベルト安心しろ。ヴァルーサにシルヴィアの子を育てさせようと俺は思っておらぬ」

ヴァルーサは双児をおのれの乳で育てている。乳離れしているとはいえもうひとり子どもが増えたら、いかに丈夫な女でも障りがでようと理性的に判断した上で、グインは情の部分でも解していたのだった。

（ロベルトの云う通りだ。シリウスを俺の愛妾に育てさせたりしたら、シルヴィアは激しく怒り狂い、俺だけでなくヴァルーサをも憎むだろう……さて）

黙って考えこんでいるふうのグインにユリアスが云った。

「陛下、これは提案なのですが、もうしばらくシリウス王子をナタール城で預からせてはいただけないでしょうか？　タルーアンの岩屋の者たち、ヴィダもみなシリウスを気に入っています。岩屋で子を産む母親たちも、生まれた子どもたちも、王子が誰の子かなど気にしません。赤子が育てば王子の遊び相手となることでしょう。肌と肌を触れ合わせいっしょに育つ者がいる、ということは皇宮《こうぐう》の絹のふとんにくるまれて眠るよりも、ゆたかな幸せな夢を王子にみせるのではないでしょうか？」

ユリウスのこの言葉にロベルトの表情が変化する。

「おお、そうだったのですか？　ユリアスの母君がシリウス王子を――」

くちもとを思いがけない驚きと喜びにほころばせている。

「母はシリウスをたいそう可愛がっている。ふたりの間にこまやかな情が通っているようだ。私など時々じゃまにされてしまう……」

苦笑するユリアスをグインはじっと見つめていた。

グインもまた、シリウスを温かな岩屋の空気にそのまま居させてやりたい気持ちはあったが、いつ何時また魔の手が伸びないとも限らない、懸念があった。

「ケイロニア王は皇帝家の血をひく子の安全を第一に考えねばならぬ…」

グインの言葉のわずかな迷いをとらえユリアスは食い下がる。

「陛下、ベルデランドの騎士を岩屋につかわし、敵の手が及ばぬよう守りを固めさせせます。魔のものにはヴィダが対抗してくれますきっと。それに——」

　ユリアスの口調は熱を帯びていた。

「私もシリウスが愛おしいのです。はじめから特別な子と感じていました。この手で馬の胎から取り上げたとき、ヤーンの羽搏《はばた》きに触れたとさえ感じました。手放すのが今はつらくてたまりません」

　ユリアスに加担するようにロベルトが云う。

「——今はもう黒の月です」

　このせりふにユリアスは（それがどうした）という目を向けたがロベルトは眉ひとつ変えず、「冬が参ります。ベルデランドにもタルーアンの岩屋にもひとしく、北ケイロニアの最も手ごわい敵が——。万が一シリウス王子をかどわかそうとする輩がやって来ても、雪と氷に慣れたベルデランド騎士団とタルーアンたちの手から奪えるとは思えません」

　きっぱり云い切ってロベルトは微笑んだ。

　ユリアスは幼なじみの援護にすこしく目をうるませて、

「グイン陛下、どうかシリウス王子をこの地で育てさせて下さい」

「私も王子はユリアスの母君に育てられる方が幸せだと思います」

　ロベルトも懇願する。

ベルデランドとローデスふたりの選帝侯は心をひとつにし、幼いシリウスの処遇について の決断をケイロニア王に請うたのだった。

グインが答えを口にする直前だった。

「む……」

ユリアスは面妖な臭いを嗅いだとばかりに鼻にしわを寄せ、

「何かおります、そこに……」

聴覚にすぐれているロベルトは部屋の一隅を指さした。

トパーズ色の目に黒っぽいもやもやが形をなすようすがうつった。

「――グイン陛下」

誰もいないはずの所から陰気な声が響いたので、ロベルトは恐怖の色をうかべ、ユリアスは腰の大剣の柄を握りしめた。

「ユリアス、ロベルト案じるな。これなる者はパロの魔道師だ。黒魔道を使う者ではない。ゆえあって今はケイロニアのために働いておる」

黒いマントに痩身をつつんだ魔道師は叩頭《こうとう》すると、

「ドルニウスと申します、非常の事態につき魔道師の通廊を使ってまかりこしました」

ユリアスは剣から手を放したが、魔のものへの警戒を口にしたそばから侵入され、憮然たる面持ちでいる。

「危急の事態が起きたか？」グインはいぶかった。

「ハゾス宰相から、グイン陛下に急ぎお伝えするようご依頼を受けました」

　これは奇妙な云い回しである。元々ドルニウスはヴァレリウスの命でケイロニアに潜伏していたが、本国との連絡が途絶えたためサイロンの裏町で落魄の日々を過ごしていた。グインに拝謁を得た際に「オクタヴィアとマリニアのためすべきことがあろう」と諭され、失意から立ち直ったというわくがある。よってハゾスの手下というわけではない。にもかかわらず閉じた空間をつかってまで辺境に急いだのにはよほどの訳がある。

　ドルニウスは懐から一通の書状を取り出しグインに捧げながら、

「南ケイロニアはワルド城を預かるドース男爵からハゾスさまに届けられました」

　ハゾスが早馬でなくドルニウスに託したわけをグインはすぐに了解する。

「パロがゴーラ王イシュトヴァーンの侵略を受け、クリスタル市民が虐殺され、リンダ女王は囚われの身となっている」パロにとってケイロニアにとって中原にとってもゆゆしいこの報せは、アル・ディーン王子、リギア聖騎士伯と共に脱出してきた魔道師宰相からのものである。

　書状を読み終えたグインはいったん目を伏せた。トパーズ色の豹の目を上向けるまでのわずかな時間に、並外れた頭脳はすでに答えを出していた。

（ヴァレリウスに会わねばならぬ。会ってパロの情勢を知らねば）

グインは考えをまとめた。

「ユリアス、ロベルト、シリウスの身は――雪解けまでお主と巫女殿に預けよう。その間に俺はハゾスや黒曜宮の者とよく話し合い、シリウスを皇帝家に引き取るか、あるいはそれ以外の生き方をさせるか決定することにしよう。どちらがシリウスにとって幸せなのかを第一に考えた上で」

「――グイン陛下」

ユリアスは驚きと感動を覚えたようで言葉に詰まっている。ロベルトのほうがまだ余裕をみせている。グインはロベルトに云った。

「シリウスはロベルトにとって何よりの良薬であるようだ。ユリアス、時々は岩屋からナタール城に遊びに来させてやれ」

「ありがとうございます陛下。シリウスさまのお相手がつとまるように、早く元気にならなくてはいけませんね。シリウスさまに教えてさしあげたいこともございますから」

ロベルトの美貌は内面に灯された光に照り映えていた。

＊　＊　＊

その日のうちにグインとユリアスたちはタルーアンの岩屋にもどった。

帰り道では、グインの馬の鞍にシリウスの特別あつらえの座椅子を付けたので、グインは義子とつかのまの旅を味わった。

シリウスは馬の背からのけしきに目をみはり、少し興奮気味だった。手綱をとるたくましい腕にちいさな手を伸ばし、

「ぐぅいーん」

「高いところからのけしきが面白いか？　恐くはないな？」

「こあくなぁーい！」

幼子のせりふにトパーズ色の目はしぜん細まる。

(何にも怯《ひる》まぬ魂をすでにそなえておる。やはりアキレウスさまの孫)

しみじみと亡き義父を思い出すグインに、すぐ後ろから、

「さいぜんから気になって仕方がありません。魔道師にかかればどんなに堅牢な城も赤子の手をひねるようなもの。今になって岩屋に王子を預けて大丈夫なのかと……」

ユリアスの心配をグインは太い声で笑った。

「安心せよ。たやすく侵入できたように見えるがドルニウスはかなり苦心しておる。俺の《気》をたどって空間を移動した際、針の穴に〈閉じた空間〉を通すような心地がしたそうだぞ」

「そうおっしゃって頂くと少し安心ですが……」

「この土地に生きる者の敵とは雪と氷――魔のものが舞い込むには厳しいのかもしれ

ぬ」

黒い翅のひらめきをグインはベルデランドでは見かけていなかった。

ドルニウスの見立てだが、ナタール城が建つ土地はナタール河と大森林から放たれる《気》に清められ、タルーアンの岩屋は北の星辰《ポーラースター》に守られる聖なる要衝であるとのことだ。

グインは、ドルニウスを折り返しサイロンに遣わし、ハゾスにシリウスは無事だがしばらくの間ベルデランド侯が預かって、グインは直接ヴァレリウスが滞在するワルド城に赴くよしを伝えさせた。

（ことによってはマリウス――パロの王位継承者を黒曜宮で保護せねばならぬかもしれぬ）

このことは文書にしていない。ハゾスはじめ宮廷の人々の困惑や、パロ宰相ヴァレリウスの思惑、また新皇帝オクタヴィアの心の乱れを思いはかったのだ。

無論、中原を調整する者としてイシュトヴァーンへの怒りはある。だが今回のイシュトヴァーンの戦略には腑におちない点が多い。また、ケイロニアとパロは相互に友好条約を結んでおり、クリスタルを攻めれば駐留するケイロニア軍から報せがくるはずだが、それも無かった。一方でケイロニア国内にきな臭い煙が立ちはじめ、パロの駐留大使であるワルスタット侯ディモスにグインとオクタヴィアの施政に反する動きがみられる。

(ディモスをイシュトヴァーンが操作しているのか？)

この疑念をグインは即座に打ち消した。

(イシュトヴァーンらしくない。パロを落としたなら、即座にワルド山脈を越えて、大軍をもってケイロニアに攻め込んでくる)

グインのもの思いを断ち切ったのはユリアスの声だった。

「グイン陛下！　あれ――あれをご覧下さい」

グインたちの騎馬はすでに岩屋が見えるところに来ていた。ろくに木の生えない岩ばかりの丘陵に囲まれ、馬の嫌がる急斜面の途中に空いた洞穴――。「鬼の岩屋」の入り口にたくさんの人影がある。

ベルデランドの民が目にしたら腰を抜かしたろう。鬼と呼ばれるタルーアン！　雲つくばかりの大男が何十人も打ち揃って立っているのだ。

「帰ってきたのです、タルーアンの男たちが。ナタールの森林地帯から、ノルンの氷の海から、猟を終えて帰ってきたんです。自分の女と生まれてくる子どもの元に――」

ユリアスの説明がなくともグインには解った。雄渾《ゆうこん》な体軀《たいく》の男たちは、真紅の蓬髪《ほうはつ》をなびかせ、太い腕を組んで、グインたちを待ち構えていたのだった。

タルーアンの男たちに囲まれて、サーリャの巫女は立っていた。銀の鈴を結わい付けた長い杖を手に持っている。

シャン、シャン、シャン。

鈴を鳴らしながら厳かな祈りの句を唱えるようだった。

「シグルド、我らの——」

巫女の声に和して野太い声が響きわたった。

「シグルド、シグルド、シグルド——！」

「ああ」

ユリアスが得心したように云った。

「ヴィダはシリウスをシグルドと呼びました。巫女がこの名を付けるのは特別な子どもだけ、この名はタルーアンにとって《王》を意味するのです。私が気性の荒いかれらを抑えられるのも、シグルドの名を授けられたからに他なりません。今後シリウス王子はタルーアンたちの手で守られるでしょう」

「うむ」

グインは深く頷くと、馬を巫女のもとに進めた。

「グイン王さま——〈光の王〉がお帰りになった。シグルドを連れて」

ヴィダはうやうやしく頭を垂れ、タルーアンたちの声はさらに大きく合わされる。

グインは馬を降りて、シリウスを抱き下ろした、タルーアンの地に。

「巫女殿、この子を育ててほしい。ポーラースターの光の下で——」

シリウスは養母の前まで歩くと、にこっと笑ってちいさな手を伸ばした。

「ゔぃーだー」

「シリウス」

ヴィダは正しい名で呼んだが、「シグルド」の大合唱にその声は呑みこまれてしまった。

幼子をひしと抱きしめる女の声はとめどなく震えていた。

「……王さま、ありがとう…ありがとうございます」

第三話　妖獣の標的

1

つやのある緑の葉がルアーの輝きをはね返している。

レンガ敷きの道の両脇にひろがっているのは広葉樹の林だ。北方の生まれには初夏を疑うけしきだが、パロでも最南部となると黒の月でも樹々は葉を落とさない。

赤い街道の道標はカラヴィアに近いことを告げている。

幌付きの大きな馬車が何台もつらなって、街道に土ぼこりを舞い上げてゆく。カラヴィア人の旅団であったが、黒い箱馬車がまじっており、大柄な御者はフードを目深く下ろしているがケイロニア人だった。

街道沿いのところどころに樹々が伐《き》られた場所がある。旅する者のため設けられた野営地だ。

ルアーが傾きだす時刻にカラヴィア人は野営地に着き、天幕《テント》を張る支度をはじめた。

「かる焼きを作るんですって、見にゆきましょうよ！」

膝丈のスカートをひらめかせて駈けてくるその姿は少女めいて見えた。傷だらけの顔をした男の目には。

鼠色《トルク》の道着をまとったその男は、馬車の車輪の点検と馬たちの世話という一日を締めくくる大事な作業にいそしんでいたのだが。

「パリス！　ほんとうにお前はぐずなんだから」

シルヴィアはかるく地団駄を踏むと、太い手首を両手で摑んでひっぱった。

（息をするようにわがままを云う）とでも云いたげに、白馬がくちびるをめくり上げ歯をむき出す。品のない笑いに本性が透けて見える。淫魔ユリウスが化けているのだ。

サイロンから失踪した皇女たちがカラヴィア人の旅団に紛れこんだのには理由がある。《闇の司祭》はシルヴィアの件で竜王と取引にクリスタル・パレスに赴いたきり、せんにキタイの竜王にけしかけられた蜥蜴犬《クルーラ・バウ》には、馬を食い殺されたり命からがらの目に遭わされている。同じことが起こったときのことを、ユリウスは考えた。

（お師匠さまに限ってくたばってはいないだろうが、また化け物が襲ってきたら自力できりぬけねばならんだろう。あのいやらしい、食い意地の張った犬っころと戦って。その際はカラヴィア人たちに楯になってもらって——その隙にとっとと逃げ出す。うむ、損にはならない）

黒魔道師の弟子の考えに人道などありはしない。パリスはむっつり黙り込んでいたが、グラチウスの眷属のもうひとりライウスという元情報屋は一も二もなく賛成した。

カラヴィア人たちとの道行きをシルヴィアは大いに歓迎した。

旅団は品物を売りさばくと同時に、旅先でさまざまな品を仕入れていた。馬車の中には食糧は無論のこと衣料品や医薬品、家庭用品から化粧道具までが積まれている。小ぎれいな生地やレースを荷物の中に見つけシルヴィアは小躍りして喜んだ。さっそく路銀を管理しているライウスに、サイロンを出たときから身につけている黒いドレスを、

「この地方じゃ暑苦しいわ。もうイヤ着たくない」と駄々をこねて、半ば強制的に新しい服を買わせた。

そんなわけでシルヴィアは今、カラヴィア風のドレスをまとっている。かろやかに揺れるスカート、ふんわりした袖、胴着《ボディス》は赤と緑の格子柄。彼女はこのいでたちを気に入っていた。サイロンの下町に居たころ着ていたものに似ているからだが、本人はそのことに気付いていない。

街道沿いの広い空き地に手早く天幕を張ると、カラヴィア人たちは石を運んできて簡易なかまどをこしらえる。火を熾《おこ》しそだで薪を燃やして、串に肉や野菜を刺して焼いたり、ガティをねって伸ばしたのを焼いたり、ちゃんと人がましい料理をする。お菓子まで作ってしまうのだ。

　シルヴィアがパリスを引っぱっていったのは、そんな即席のかまどのひとつだ。底の平たい鉄鍋にガティ粉を卵と乳でねったのを流し込んで焼いている。

「あれがかる焼きになるんですって、もっと手の込んだお菓子かと思っていたわ」

　そう評したシルヴィアだが生地がふくらみぷつぷつ小さな穴があいて焼ける匂いが漂いだすと、

「いい匂いだわ。知ってる？　よい匂いがする食べ物はとっても美味しいの！」

　それが世界の真理であるかのように微笑んだ。

　カラヴィアの女たちは焼き上がった「かる焼き」を切り分け、子どもらに蜂蜜や瓶に詰めたジャムを塗ってやっている。

　お菓子を頬張る子どもたちを、シルヴィアはうらやましそうに見つめ――と、「ルヴィナおじょうさん」と女のひとりが声をかけてきた。服を買った商人の女房である。ライウスは「ルヴィナ様のご実家はサイロンの裕福な商家だ」と説明していた。服屋の女房は、一銭《ター》も値切らなかった客に愛想よく、

「よかったら、おひとつどうぞ」

　シルヴィアは目を輝かせた。まだ熱い菓子を大きな葉っぱを洗って皿にしたのに載せてもらい、赤い果実のジャムも塗ってもらった。

「あ、ありがとう」おずおずと礼を云う。

「そちらのお兄さんもいかが？」

「俺は…菓子は……いらん」

パリスはもごもご云うと女に頭を下げた。

「男の方ならお酒のほうがいいわよね」

服屋の女房は気を悪くした風はなかった。旅団の女たちはこのたくましい男の値打ちに気付いている。最近のパロの街道筋には野盗が出没する。もっと恐ろしい噂さえ聞く。いざという時にそなえ腕の立つ者はひとりでも多くいてほしい。カラヴィア人はカラヴィア人の目算を立て見ず知らずの旅人を受け入れたのだ。

シルヴィアは大きな木の下に座って念願の「パロのかる焼き」を賞味した。それはクリスタル・パレスの貴族がつまむものより、素材も味わいもだいぶ素朴なものだったが。

「おいしい！　やっぱりとても美味しいわ」

ひさしぶりに人がましい食べ物を食べたという姫君の表情をパリスは黙って見守る。

「お前は本当にいらないの？」

パリスの澄んだ──それだけはきれいな青色の目を見上げシルヴィアは訊いた。

「いらないの？　いらないならいいわ。あたしが全部食べてしまうから」

かる焼きの最後の一切れを口に入れる。

「ああ、美味しかった……」

大きく口に出して云うが彼女の顔はくもっていた。視線の先にはカラヴィア人の母とその子どもたち。先に食べてしまった兄が弟のかる焼きをとって食べてしまい、泣き出した弟に母親が自分の分をあげている。

泣きやんだ子と微笑んでいる母親から、シルヴィアはぷいと顔を逸らしつぶやく。

「子どもってそんなにかわいいもの？　泣きだすと、うるさくてたまらないのに……」

彼女は腹のあたりに目を落とした。なつかしい、せつない、かなしみに満ちた気分がふくらんで心をいっぱいにして泣きたくなってくるのだ。

(最初からいなかった、そう思えば……痛くない。痛くなんかないわ、もう……)

慎重に心の奥でつぶやく彼女を見つめ、青い目が暗くかげっている。

シルヴィアは木の下を立ち上がり空き地のはずれまで歩いていった。はっと身をすくめて立ち止まり、ついて来ている男に不安げな顔をふり向けた。

「ねえ、パリス、何だか……変な声がしない？」

何か獣の鳴き声のようだ。さほど離れたところからではない。シルヴィアは青ざめた。

「だい…じょうぶ。とかげ犬、ちがう」

パリスの態度は落ち着いている。

「お前には鳴き声だけでわかるの？　危険かそうじゃないか――」

彼はうなずいた。

「危険じゃないなら、鳴き声の正体が知りたいわ。そっちに行ってみましょうよ」

今度はパリスが先に立ちシルヴィアは後を付いていった。

他の天幕から離れてそれはあった。

近付くほどむっと蒸れたような匂いがしてきてシルヴィアは顔をしかめた。

車のついた台に黒い布の覆いをかけられた大きな檻が載せてある。シルヴィアはおそるおそる檻の中をのぞいてみる。

奥のほうに灰白色の毛のかたまりが見えた。かたまりと云ってもかなり大きい。鳴き声があがるつど、その大きな薄汚れた毛のかたまりはぶるぶる震える。

「ねえ、パリス、もしかしたら……これって？」

その間も鳴き声は続く。灰色の毛皮の主が鳴いているのだ。

「ガブールの大猿――そうよ！　灰色猿《グレイ・エイプ》だわ」

シルヴィアは大猿の実物を見たことがない。だが、ひと目でそうだとわかったのは、黒曜宮の図書の間で動物図鑑をひもといたからだった。中原で最も華麗な鳥として孔雀《イーラル》が、最も獰猛な獣としてガブールの灰色猿が挿し絵に描かれていた。幼い頃に刻み付けられた印象は強烈なものだった。――もっとも彼女の良人《おっと》に、おのれの武勇をひけらかす性癖があったなら、彼がモンゴールの辺境スタフォロス城で戦った獣について黒曜宮の人々は例外なく一家言を有したことだろう。

「大きいのね。でもこわくはないわ、少しも……」

よく耳を澄ますと鳴き声はずいぶん弱々しく、かなしげな響きに聴きとれる。

シルヴィアがさらにもう一歩近付こうとしたとき、

「だめだよ！」

鋭い声がはなたれた。

檻の陰から小さな人影が現われた。シルヴィアよりも背が低かった。浅黒い肌をしている。カラヴィア人の少女だった。

「近付いちゃだめだ。女王を怒らせたらたいへんなことになるよ」

「女王って……あのグレイ・エイプのことを云っているの？」

シルヴィアは十三、四歳くらいの少女に問うた。

「そうだよ。グレイ・エイプの大猿の女王さ」

少女は腰に両手を当て胸をそらして答えた。ずいぶん偉そうに見える。

「どうして、グレイ・エイプの女王が檻に囚われているの？」

シルヴィアの問いに褐色の少女は呆れたような顔をした。

「捕まったからさ。あったり前だろう？　人間が知恵をしぼって罠にかけてとっつかまえたんだよ」

「そうなの……」

「あんた何にも知らないんだね。新顔だし、カラヴィア人じゃないね」

「あ、あたしはルヴィナ。サイロンの大きな……えっとパン屋の娘よ」

とっさに出た言葉はぎこちなく、少女のシルヴィアを見る目は胡乱《うろん》気だ。

「パン屋の娘がカラヴィアまで何の用があって……ま、いっか。で、そのでかぶつはあんたの旦那か？」

「ちがう！　……ルヴィナさま、お守りする。おれの役目」

パリスをじろじろ眺めまわした少女は、ちょっとの間考えこんでから、少し口調をあらためた。

「だんなでも用心棒でもあたいはどっちでもいいよ。ただでも、何も知らないやつが女王猿にちょっかいだすとやっかいなことになるから、注意しておくよ。ほんとうにこの大猿はガブールの密林の猿たちの女王さまで、つかまえるのに特別な罠をつかって、ほんとうにたいへんだったんだから。あたいの父さんはカラヴィアじゃ名が知れた大猿使いだったんだ。女王をとりかえそうと向かってきた大猿と戦った傷がもとで死んじまったけどさ。これまで捕まえた大猿に芸を仕込んで見世物にしたり、遠いクムやモンゴールの貴族の殿様に売り飛ばしてでかく稼いでたんだよ、あたいの父さんは」

父親を失くしたという少女は悲しみより悔しげな表情を浮かべていた。

「女王猿はカラヴィアのお殿さまに献上しようと思ってるんだ。えさに黒蓮の粉を混ぜたのをやってるから今はおとなしくしているけど、何かして騒ぎだしたりしたら仲間を呼んでたいへんなことになるかもしれない。くれぐれも注意しとくれ」

念を押すように云ってから少女は名乗った。

「あたいはメイ、父さんの後を継いだ大猿使いだよ」


少女と別れシルヴィアたちは箱馬車に戻った。あたりは濃いすみれ色につつまれ始め、星の瞬きも見分けられるようになっていた。シルヴィアは夜空を見上げつぶやく。

「パリス、あの子が云ってたこと、お前は信じられる？　あんな汚れた、みすぼらしい獣が猿の国の女王様なんてお話……。かわいそうな女王を助けるために猿の国の騎士たちがやってくるなんて……ねえパリス、お前には信じられる？」

ケイロニア十二選帝侯から「皇帝となる資格はない」と決定を下された皇女は問いかけた、たったひとりの従者に――。

パリスは何も答えなかったが、シルヴィアは胸の奥で思っていたのだ。

（あたしは本当の話だと……信じたいんだけど）

夜が深まると風は涼しくなるが、気候のよいカラヴィアでは、テントや馬車の中に居なくても風邪をひくようなことはない。

満天の星を天蓋にして恋人たちが情を交わしあっていても、眉をひそめる者は辺境の旅団にはいない。もとよりパロ人は性に大らかと云われる。もっとも舌先で丸め込んでだまくらかし、おのれの欲望をむさぼる色事師に浪漫のかけらもありはしなかった。

（へん、あたしは情が強《こわ》いのむずかしいのなんだかんだ云ったって、おいらにかかればいちころってもんさ）

草のしとねから半身を起こした優男は、やけに赤いくちびるを舐めずった。かたわらに女が豊満な裸体をさらして白目を剝いている。その夜のユリウスの獲物だった。

（またぞろ蜥蜴《とかげ》やろうが襲ってきたら即餌食だからな、生きているうちに一回でも多くよろこばしてやらないと。これこそサリアの情けというものさ）

勝手な理屈をこねあげているが、淫魔はその本性のままに夜毎旅団の女たちを賞味していたのだ。

（あれは——）

ふいに闇の中で目をきらめかせると、クムの色男の姿かたちは瞬時にとろけ真っ白い蛇に変わった。

（パリスとめんどり皇女さまだ。今夜はしっぽりと……気分が出てるじゃねえか）

尖《さき》の割れた舌をみだらがましく吐きながら、ふたりが肩をならべ夜空を見上げているすぐそばまで草の間を這い寄っていった。

そこへどたどたと、頭のてっぺんが薄い初老の男がやって来た。

(ちっ、ライウスめ、気の利かないやつだ)

のぞきを中断され淫魔は舌打ちする。

「こちらにいましたか。——ずいぶん探しましたよ」

ライウスはいきを切らしている。

「あたしに意見するの？　狭苦しい馬車の中にいなきゃならない決まりでもあるの？」

「そうじゃありません。そういうんじゃないんですよっ」

と、ここでライウスはすうはあ息をととのえて、

「たいへんな情報を仕入れたんです」

シルヴィアが眉をひそめたのは「その情報」が気になったからではない。やっかいなことにちがいないと思ったからだ。

(たいへんな情報って何だろう？　《闇》の中からあたしに話しかけてきたやつが関わっているのかしら？)

《闇》の声をしばらく聞いていないが、彼女に何かさせようと企んでいるのはわかっている。それが何かはしらないが面倒なことにちがいない。面倒ごとはもうこりごりだった。しわがれ声の主がこのまま出てこなければいい、このまま行き先もさだめず旅しているほうがずっといい、それが正直なところだった。

「さいぜん騎士が通りがかってカラヴィア人から食糧と飲み物を買ったんです。これがサラミスからカラヴィアへの使者だったので、商人と何やらひそひそ話をしているから聞き耳をたてたところ、これが——ケイロニアの、とんでもない話でして！　亡くなったアキレウス大帝を継いで皇帝になったのは、オクタヴィアさまだったそうですっ」

ライウスの話を聞いていたシルヴィアの顔は、星の光のせいかいっそう青ざめた。

「そ、それがどうしたというの？」

そうなることは十分覚悟できていた——シルヴィアは自分自身にこそ云い聞かせた。皇位継承者の身分を剥奪されたと知ったときから、妾腹の姉が新皇帝になるのではないかと予想していた……。それでもはっきりと告げられた事実に、ケイロニア皇女は深く傷つかずにはいられなかった。

「あたしゃてっきりグイン王が皇帝になるとばかり思ってましたからね。番狂わせとはこのことだ！　サイロンの民もびっくり仰天したにちがいない」

ライウスは声を高くしてから、がっくり両肩を落とす。気落ちしていた。

「グインじゃなかったのね、次期皇帝は」

シルヴィアはぼんやりつぶやいただけだ。自失した彼女の表情をパリスはじっと見つめていた。

ライウスはいくぶん気を取り直したように云った。

「父帝の介護に明け暮れていたオクタヴィア皇女に、皇帝の座を狙う野心があるとは思いもしませんでしたよ。しかしこれで困ったことになった。ケイロニア皇帝の血をひく者が即位したら、パロの有力者を後ろ盾にして——」ここでぐっと声を落とす。「シルヴィアさまこそ正統な皇位継承者である、と主張したときの効果がだいぶ薄れてしまいますからね。カラヴィアなんかをさまよっている間に、豹頭王と十二選帝侯の悪知恵にしてやられたということです。だいいち妾腹の皇女とは云えオクタヴィアさまは長女、われらの姫君の母君は正妻とはいえ大帝暗殺を企てた重罪人、ケイロニアの民が支持するのはどちらか？　天秤に乗せるまでもないでしょう」

ライウスはシルヴィアの心情などおかまいなしだった。

シルヴィアは眉をつり上げて、

「パロの有力者を頼るなんて話、あたしは知らないわよ！」

「しっ、声がたかい」

たしなめられシルヴィアはますますむかっ腹を立てる。

「そんなのみんな、あんたが勝手に思っただけでしょ」

シルヴィアの云う通りだった。

クリスタルの郊外で蜥蜴犬に襲撃され、逃れるようにパロ郊外を南下した一行が、カラヴィアを目指すことにしたのに深い考えはなかった。富裕なカラヴィア公を頼ろうと云いだしたのはライウスだった。グラチウスはイリス監獄に囚われていたライウスを「豹頭王を憎む者として」眷属にひき入れはしたが、計画変更の決定権をゆだねるはずもなかった。

(それに皇帝になりたいなんて、あたしは一度も云ったことなんてないわ)

シルヴィアは情ごわい目をしてライウスを睨《ね》めつけた。廃嫡《はいちゃく》され国を追われたとは云えケイロニア皇女から瞋恚《しんに》をぶつけられ、元サイロンの情報屋はたじたじとする。

「ま、まあ、これにて計画はご破算というわけではありません。──だいいち、あたしたちには《主》が付いている。あのお方なら新皇帝の座を揺るがし、ひっくり返す知恵もお力もおありでしょうから」

「そうかしら？」

シルヴィアは冷ややかに云った。

ライウスの浅慮を責めるのではなかった。始めから彼女は乗り気ではなかったのだ。パロに亡命しケイロニア皇帝の権威をよその国の有力者に売り渡すなど……。

(無理に決まっているわ。あの男がどれだけ力のある魔道師でも。ケイロニア人は魔道をうさんくさがっている。黒魔道の匂いがする皇帝なんて歓迎されないわ)

シルヴィアは愚かでもお目出度くもないし、だいいち、サイロンの民から憎悪と殺意を向けられた、あの時のことを忘れていなかった。

「売国妃シルヴィア！」「家族のかたき」「この手で殺してやる！」口々に叫びながら、彼女を生きたまま引き裂こうと殺到してきた人々。あの時の血走った目！

（ほんとうに恐ろしかった。とかげ犬より怖かった……）

あんな思いをするのは二度とご免だった。悪夢のような出来事を思い出しシルヴィアは肩をふるわせた。その頼りなく細い肩に大きな手が置かれる。

「ルヴィナさま」従者は気づかわしげだった。

「パリス……」

よみがえってきた恐怖と、オクタヴィアが皇帝に就いたというショック——これまで妾腹の姉に抱いていた劣等意識が混ざり合い、シルヴィアは叫びだしたいほど激しい衝動に見舞われた。従者のたくましい胸をちいさな拳でたたくと、わっと顔をうずめ熱い感情をほとばしらせた。

（あ〜あ、泣かせちまった）

蛇に化けて覗いていた淫魔はせせら笑った。

（めんどり姫さまの機嫌をつくろうのはむずかしいぜ。まっ、おいらなら、舌の先っちょでチョチョイだけどね）

真っ赤な舌を吐くと草の間をするする這ってゆく。

シルヴィアが泣き止むまでの間に、ユリウスは別のカモを見つけて毒牙にかけ、その口直しに弟の美少年までいただいてから、白馬の姿にもどって箱馬車のところにぽくぽく歩いてきた。

どんな悩みとも無縁に見える淫魔であったが――

（それにしてもお師匠さまはどうしちまったんだよ？　クリスタル・パレスから心話をくれたっきり、すっかり音信が絶えちまってる）

このとき流れ星がよぎった。緑がかった光の尾が夜空に伸びすうっと見えた。

（今、いやあな感じがしたぞ。クリスタルで何かあったってのか？　お師匠は、竜王だけではない、別の勢力がいるんだと警告していたが……まさか、あのじじいをどうかしちまうような相手だったのか？　聖王宮に《闇の司祭》を食っちまうような怪物が巣食っていたとか……？　そんなことありっこない）

悪い予感をふり払うように白馬はたてがみを震わせた。

2

（まさか、まさか、まさか――このわしが――）

罠にかかる寸前、あるいはかかった後、どんな人物であっても「まさか自分だけは」と思うようだ。無論あとのまつり、おのれの油断と見込みの甘さをほぞを嚙みちぎって悔しがる。《闇の司祭》であっても例外ではなかった。

（きゃつめ、なんという悪辣《あくらつ》な手段を弄し、なんと非道な目に遭わせてくれたのだ――）

おのれが半生に犯してきた悪行をかえりみれば、とうてい穏当とは云いがたい悪罵だったが、罠に落とした相手を口汚く罵《ののし》り、ドールの地獄の釜で煮溶かされるがよい、と呪詛をつらねた。何千回呪っても事態が変わるはずもなかったが。

グラチウスは、弟子に心配される通りクリスタル・パレスの地下で、二進《にっち》も三進《さっち》もいかぬ情況に封じ込められていた。

グラチウスは竜王を呪った。

竜王の一族の故郷であるこの世界とはまったき異なる星をその星系の発生から呪った。竜王をこの平和で――その平和をかき乱すことを至上のよろこびとする黒魔道師ではあるが――美しい彼の箱庭である惑星《ほし》に追放した、なにものかをも激しく呪った。

そして、彼を悲惨な四人の身におとしめたヤヌス――ドールの父である宇宙創造の大神、超越の力をもってドールと敵対し地獄の底に押し込めたと十二神の神話に騙られている――青年と老人相反する双面をかぶった者をこそ口をきわめて罵った。

が、それだけだった、今のグラチウスに出来ることは、情けないことに……。

クリスタル・パレス、ヤヌスの塔の地下に広がる深い闇の底に横たわり、一タルスも身動きできず無為の時間を送っていた。罠に落ちる直前、ユリウスに心話を飛ばしたあれが最後だった。それきり地上最大の魔道師のエネルギーは、汲み尽くされたかのごとく枯れ果ててしまったようだ。

しかし死を司るドールと契約したグラチウスの力を《無》にすることなど不可能のはずだった。生者の動きを止めることはたやすい。ひとたび生命を取り上げればいい。しかしこれがゾンビーであったなら、その動きを阻むため何度かことによったら何十度か死に至らしめねばならない。それが暗黒神を奉ずるグラチウスの絶対的な強さの根源にあった。グラチウスはたとえ首を斬り落とされても、業火に焼かれても自由自在に動きまわれた。イェライイシャ級の大魔道師と戦った場合は少なからず力を削がれたが、それでも、膨大な負《マイナス》のエネルギーを発散する黒魔道師であるからには、時間と共に相手を消耗させ、すなわちおのれの巨大な負の力場に吸い寄せ無力化した。グラチウスに敗れイェライシャは五百五十年もの長きにわたりアルセイスの地下に囚われの身となった。黒魔道は白魔道に勝る。魔道の力の体系においては、邪悪な心、野望、我欲、それら負のエネルギーが力において勝る。悪は善をくじくのだ。正義を司るヤヌスより、邪悪の司ドールの力がこの世界を支配しているではないか。魂の清廉は悪徳に敗れ、秩序は混沌に、万民の幸福は不幸に覆い尽くされる――絶対の真理としてグラチウスは疑いをはさんだこともなかった。

（ドールこそヤヌスより優れた神なのだ）

しかし敗残の身を横たえる今、その信念も揺らいでいただろう。

（このわしに罠をしかけてくる者がいたとは……）

相手の奸智にしてやられた。悔しさと屈辱に両手をもみしぼりたいくらいだが、腕を上げられない以前にグラチウスは右手を手首から失っていた。

肉体の一部を奪われたことで、グラチウスは地底の獄にしばりつけられ、暗黒の力を封じられていた――としか考えられぬ。

地上最悪の魔道師はおのれに敗北を舐めさせたヤヌス――ヤヌスの面をかぶった者を地の底でただただ罵り続けるだけだった。

＊　＊　＊

聖王大橋を渡り南大門をくぐって、グラチウスはクリスタル・パレスに入った。

大門からまっすぐに〈女王の道〉が延び、その向こうに広がる壮大華麗な建築こそがパレスの中核である水晶殿。中原一有名な宮殿の経路《みち》に迷うはずもなかった。

宮殿は、〈真珠の塔〉や〈水晶の塔〉に代表される優美で均整のとれた尖塔をいただいており、周囲をとりまく円柱にはヤヌスにちなむ彫刻がほどこされている。五つの主だった宮殿をつなぐ長い回廊と、美しい曲線をえがいて張り出したバルコニーがある。それらは古代カナン様式をとりいれた中原の建築の粋であり芸術品にもひとしかったが——。

（死んでおる。みなすべて死に果てておるぞ）

水晶宮の北西に建つルアーの塔、北東にはサリアの塔。その北側にはリンダ女王の憩《いこ》いの場である聖王宮があり、他にもたくさんの尖塔にルアーの光があたって、世にも美しい、すきとおった森の樹のようにきらめいている。

麗しい景観を目にして《闇の祭司》は感懐を吐き捨てた。

（……まるで壮大な墓標じゃな）

中央の広場に至るまで、粉々にされた拱廊《アーケード》の屋根や壁面をえぐった爪痕を目にしていたが、水晶宮から先に目立った災禍の痕はなかった。にもかかわらず、クリスタル・パレスの奥の院に踏みこむほど死の匂いは濃厚になってゆくのだ。

広大な広場を支配しているのは静寂だった。

かつて白銀の甲冑も誇らしく警護にあたっていた聖騎士たち、リネンの山を抱えいそがしく行き来していた侍女たちの影もかたちもない——。クリスタルの塔と大理石の列柱に、傾きかけたルアーの光が鈍く輝いているだけだ。

風は絶え空気もよどみきっている。

（ダゴンのしもべも死んでおるな。うむ？）

この時グラチウスが聞きとったのは、にわかに場違いな喧噪だった。

宮廷楽士に奏でられるキタラやリュートの音色。黒髪の貴公子と銀髪の姫君の舞踏に見蕩れる人々の声。紅晶宮《デビ》で演じられる喜劇にうち興じる笑い。中庭のあずまやでは名のある貴族が美貌の女官をかきくどき、吟遊詩人の歌声が男と女のよしなし言をかき消す……

幽鬼のしわざかそれとも、過ぎし華やかな日々をクリスタル・パレスそれ自体が夢に見て、魔道師の霊感にうつしだしたのか？

グラチウスはため息をつき、空気のうちにかすかな腐臭を嗅ぎ取る。人や馬の死骸がはなつ臭いではなかった。

ものの腐った臭いをさせていたのは、回廊に沿って置かれた白い陶器の水盤だった。葉も茎も枯れはて黒ずんだ水にしずんでいたが、腐った水から一本だけ花茎が突き出している。つぼみのまま枯死《こし》していたが……。

(パロ聖王家三千年の終焉《しゅうえん》がこれか)

らしくもなく神妙につぶやいて空をあおぐ。塔の間に低くたれこめた雲は奇怪な生き物めいた形状をとっている。

(かつて中原の魔道師がなし得なかった偉業を成し遂げたと、わしに宣言しおるか)

グラチウスの胸にむらむらとわき起こるものがあった。

(竜王めは、ドールを崇めるこのわしに大いなる死を見せつけて怯ませ、交渉を有利に運ぶ算段か)

四方から「竜王ヤンダル・ゾッグの脅威」が吹きつけてくる場で、グラチウスは激しい闘志と敵愾心《てきがいしん》を燃やしていた。雲は爬虫類めいた形をとったまま動かない。鳥の影も這いずる虫一匹いない徹底した虚無の広間にあって、塔の高みから見下ろせば老魔道師は純白に落ちた墨の一滴のようだった。

長い廊下が水晶宮の入り口へとみちびく。

あらかじめ竜王が心話によって指定してきた場所だった。

輿《こし》が用意されていた。古風なキタイ式の輿には、前後に二人ずつ男がひざまずいて控えていた。キタイ僧の長い黄褐色の衣に身をつつんではいるが、（僧ではあるまい）グラチウスは一瞥で判断した。同色の布で頭部と顔を巻き込んでいて、目しか出していない。

「おぬしらの主《あるじ》は足弱の老人とあなどっておるのか？」

傲慢を声音ににじませたが四人とも無言でうなだれている。

静寂を好む主人に舌を切り取られたか、もとより中原の言葉を発する器官がそなわっておらぬのか――？　ふんと鼻を鳴らしグラチウスが竹を編んだ座席に着くと、輿は軽々と持ち上げられた。水晶宮の回廊を進む足は早い。

（ふん、キタイの王侯の気分でも味わわせるつもりか）

皮肉にしわぶかい口をゆがめる。竜王はキタイの王族の生き血をしぼり骨をおのれの魔宮殿のいしずえとした。王統は根絶やしにされたのである。

その間も輿は水晶宮の磨かれた廊下を快足で進んでいた。かつぎ棒をにぎる四人は長い袖で隠そうとしているが、鋭い鉤爪と青黒い鱗の生えた手指が時折かいま見える。グラチウスは眉ひとつ変えなかったが。

内部の空気もよどんで重ったるい。回廊に掲げられた貴人たちの絵姿はひどく暗く輪郭がうすぼやけており、カナン様式の天井も壁もすすけ、にわかに時に侵蝕されて劣化が進んだかのようだ。精緻をきわめた十二神の浮き彫りもしかり。サリアやイリスの表情はうつろで、泥人形とさして変わらぬ陰気な印象をたたえている。

クリスタル・パレスの陰惨な変化を見せつけるかのように、輿は回廊内を経めぐった。

(同じ場所を通っていないか?)

グラチウスは疑念にとらわれた。輿が入ったのは間違いなく水晶宮だった。だが回廊を抜け、宮殿と宮殿をつないでいる渡り廊下を通って中庭を横目にするうち、クリスタル・パレスのどこなのか正確な位置がわからなくなっていた。

(今どこを通った? いったいどこに向かっておるのだ)

かっと目を見開き周囲を見回すが無駄だった。

そのうち前方に何か垂れ下がっているものが見えてきた。

(なぜこのような場所に帳《とばり》が……?)

瀟洒《しょうしゃ》な紗織《しゃお》りの帳であった。身分の高い者が謁見につかいそうな、鼻持ちならない権威の匂いを感じさせる。疑問と反感を抱いたそのとき――

しゃっと音がして帳が左右に引かれた。

向こう側から強烈な光が差し込んできた。あまりの眩しさにグラチウスは一瞬目を閉ざした。

瞼の裏のにわか闇の中でその声を聞いた。

「よくぞクリスタルの中核まで参った」

漆のごとくつややかな美い声《よ》だった。

脳髄を刺し貫くような光線の直後だ。グラチウスは眩暈《めまい》を堪えつつ薄目をあけた。目が開けられないほどではないが強い光に晒《さら》された広間に輿は停まっていた。

白い光を背景にして、刻み上げたように整った若い男の貌《かお》があった。

グラチウスは大理石の床に降りたった。すみやかに担ぎ手は帳の向こうにさがる。

（この男は？）

横顔を見せていた男が向き直った。

「ご老人――」

相手はものやわらかに云った。

（ヤヌス……！）

グラチウスは呻きそうになった。目の前の男はドールの宿敵、ヤヌスそのひとの面をつけている。青春のさかりの若者と、人生の冬をあらわす老人と――相異なる相をひとつとした神の面を――。

「何をおどろいているのだね？」

音楽的と云えるなめらかな声音の主は、古式ゆかしい寛衣《トーガ》をまとっている。純白の衣裳の胸元と袖口にヤヌスの神紋が金糸で縫い取られた、ヤヌス神殿の祭司長の装いである。

「おぬしは竜王のしもべか」

相手は心外そうに首を横にかしげただけだ。

「わしのほうから出向いてやったのだぞ。この死に瀕した都までな。――聖女王をどこにやった？　聖騎士も貴族もみな竜頭兵のえさにしたのか？　ゴーラ王もクリスタルに逗留していたはずだが、親衛隊ともどもいずこに捕らえておる？　ちと見ない間にクリスタルを見知らぬ都のように変貌させて何をたくらんでおる？」

「お年寄りは回りくどい。用件のみ手短かにお願いしたい」

「このグラチウスを年寄り扱いか。まあ、よい。こちらには切り札がある。竜王ヤンダル・ゾッグよ――おぬしが喉から手が出るほど欲しがっている豹の心臓――豹頭王グインの、わしは今最大の弱みを握っておる。豹頭王の妃をパロに亡命させ、正統なケイロニアの皇統を主張させるそのための便宜を払ってもらおうか。悪い取引ではなかろう？　グインをおびき寄せるためだ」

「私は竜王ではないし、しもべでもない。先に云ったとおりだ」

美声の切れ味はするどく高い知力を感じさせる。それゆえの合理性と非情さを秘めている。

「物覚えの悪い御仁だ」

ヤヌスの仮面はそれ以上余分な話をするつもりはないようだ。その言葉は冷たい刃のよう。それはグラチウスにも脅威でないとは云えなかったが、軽侮を隠さない相手の態度はいらだちと怒りを煽るものであった。

「私は竜王のしもべではない。が、竜王に代わって彼の意向を伝えよう」

ヤヌスの面は怜悧な言葉をつらねた。

「闇の司祭に告げる。竜王はドールの使徒と考えを異にしている。豹頭王につまらぬ策は弄さぬ。老人の助勢など無用のこと。シルヴィアは招かざる客。不法にパロ国境を侵せし者の生殺与奪の権利は当方にあり。排除すべきと結論している。話し合うまでもない」

「な、なんだと――せっかく苦労して手に入れためんどり、いやさケイロニア皇女を排すだと？　おぬしは何も解っておらぬ。グインの《シレノスの貝殻骨》なのだぞ、シルヴィアという娘は」

「老人の迷妄に付き合っている暇はない。くり返すが、廃嫡された皇女に価値など無い――それが竜王の考えだ。招かざる客へのもてなしは抹殺と決している」

シルヴィアへの冷酷きわまれる言葉にグラチウスは思い当たって、

「もしや……めんどりを黒死病の下手人に仕立て上げたのは竜王か？　めんどりの侍女をゾンビーに仕立て口寄せをさせ民を煽動したのは……？」

この問いにヤヌスの男は答えなかった。

答えの代わりに冷気のようなものが吹き付けられ、グラチウスをそそけだたせた。仮面の男は黒魔道師をひるませるほどの《気》の持ち主だった。

（こやつキタイの魔道師か？　いや、しかし、まさか……）

グラチウスは魔道師と判断できなかった。きわめて異質な非人間的なものを感じていたから。どんな魔道師も元は人間、齢三千歳の大導師アグリッパ、すでに入寂をはたしたロカンドラスとてもどこかに人間性の片鱗をのこしている。だがヤヌスの男にそれはなかった。異形の魂を感じる。竜王ヤンダル・ゾッグ――異世界からこの地にやって来た種族の異質さともまたちがう。見かけは人間的だ。人間そのものと云ってよい。肉体を構成する元素も、手入れのゆきとどいた白い指も――。だが人間そっくりだからこそ、その本質にある異質さに、グラチウスともあろう魔道師が悪寒をおぼえた。

（もしわしの推理が正しければ……こやつの存在そのものが、ドールに対する冒瀆《ぼうとく》だ）

ドール教の最高司祭としての直感だった。彼が奉ずる神が敷きのべた絶対の法則をくつがえす存在ではあるまいか？《死》とは唯一絶対的なグラチウスの切り札だ。その禁忌をおかすとはつまり――《闇の司祭》の権威を根元から突き崩しかねぬ。怒り狂いながらもグラチウスは足下をひたひたと侵蝕される脅威を否定できなかった。

「……お、おぬしは何者だ。その仮面に何をかくしておる？」

グラチウスの声はかすれていた。

ヤヌスの男は、美しい指を、仮面のふちに揃えてかけた。

仮面を外し素顔を見せるか——と思われたとき、

それが合図であったものか、周りに垂らされていた帳がいっせいに落とされた。

ふたたび眩《まばゆ》い光が壁と天井そして床にあふれ、めくるめく反射した。

とっさに道着の袖で光をさえぎりながら、グラチウスは呻いた。

（ここは……）

乱反射する光にようやく目が慣れると、広間の異様な変容を知った。

天井から壁まで六角形の鏡が隙間なくはめ込まれている。そのすべての面に黒髪美貌の青年と白髪の翁《おきな》がうつりこんで、グラチウスを包囲しているのだ。

その上——

鏡と鏡が合わされたところに、何十何百——無限のヤヌスの虚像が生み出された。仮面の男が手を上げれば千本もの腕がゆらめき動き、グラチウスの視界をくらまし、惑わした。

「グラチウスよ、《闇の祭司》よ。パロに干渉しようという考えは捨て、辺境ルードの森でおとなしくしておれば、今回は竜王も見逃すであろう。ノスフェラスはすでに竜王の版図であるからな」

せりふは何人かが声を合わせたかのように響く。

おびただしいヤヌスの仮面に嘲笑されて、グラチウスは怒りに我を忘れ、攻撃の魔道の呪文を唱えていた。黒衣の袖から強火力をはなち目の前に立つ者を焼き尽くした。

しかしありえないことに、太い火焰ははね返され、すさまじい熱風もろともグラチウスに向かって襲いかかってきた！

（神《ドール》よっ）

焼かれるすんでのところで、グラチウスは防御の魔道《バリヤー》を張った。火焰はバリヤーによって散り消えたが、熱風が魔道師の衣と残りわずかな髪を焼き焦がしていた。命拾いをした老魔道師は圧倒されてもいた。

（危なくこちらが灰になるところだった。鏡像によってわしの術をはね返すとは……）

一瞬ですり替わったとも思われぬが、ヤヌスの男は変わらずたたずんでいる。しかも一人ではない。

無数の鏡像をみまわして《闇の司祭》は焦りと絶望に囚われていた。相手の《気》をつかむことが出来ない。実体がどれなのか、はたして鏡像の中に本物が居るのかさえも解らない。何百何千ものヤヌスに見下ろされているおそろしい重圧だけが、ある。

（この鏡の間がわしをあざむく仕掛けなのか――）

グラチウスは胸腔から深く息を押し出し、念をこらし、精神エネルギーを大砲火のごとく鏡にはなった。大魔道師のエネルギーである。天候を左右し、巨木を根こそぎ引き抜き、下級魔道師を巻き込めば瞬時にばらばらに解体してのけるほどの。

それでも鏡は割れなかった――どころか再びはね返された。バリヤーを張ってしのいだが、グラチウスは短時間でこれほど追いつめられたことはなかった。自尊心に傷を負った。魔道エネルギーはこの世界で最も強力なエネルギーのひとつだが、それを生み出す精神力は無限ではない。人間の精神に生成されるのだ。そして魔道師とて人間なのだ。

（やはり魔道師……しかしヤンダル以外のものが、これだけの力をどのようにして、いずこから得ているのだ？）

魔道師同士の戦いとなったら、どちらがより多くのエネルギーを蓄えるか、あるいは強いエネルギー界に属すかで雌雄は決まる。グラチウスは何度も攻撃の魔道をはなっている。しかも敵地のただ中にある。すべての面において不利だ。

グラチウスはかつて知らぬ恐怖をおぼえた。

（わしに対抗できる魔道師だと……こやつの正体はいったい……？）

グラチウスに油断が生じたのはこの時であった。

するどく風を切る音が片耳をかすめた。

刺撃は背後からだった。

（なんだとっ！）

グラチウスの耳朶《じだ》を切り裂いたのは魔道ではなかった。レイピアの刃だ。

老魔道師は宙を一転して空中で相手を振り返る。

レイピアを手にした男の輪郭にもはやぶれはない。

（これが実体）見極めたりと、グラチウスは必殺の一撃をはなった。

しかし――

渾身の攻撃も通用しなかった。老人と青年の双面その真ん中に構えた切っ先に、熱線は当たって防がれている。

（ありえぬ、ありえぬぞ――断じてありえぬ）

恐慌を起こしながらグラチウスは攻撃を止めなかった。止められなかったのだ。

大魔道師のエネルギーを受けたレイピアはまばゆい輝きに包まれていた。否、剣に宿るなにものかが魔道師のエネルギーを吸い取っている。暗黒の生命を食らっていたのだ。

空中でグラチウスの体はぐらりと傾いた。もはや姿勢をたもてないほど体内の泉は枯れはてようとしていた。

射落とされたガーガーのような老魔道師を、呑み込むかのように、真下の床が横滑りして暗い口をあけた。

「執念を見せつけるね、《闇の司祭》」

男の声には嘲笑がこめられている。

グラチウスは床のふちに片手をかけて奈落にぶら下がっていた。

ヤヌスの男は右足を前に踏み出した。長衣がひらめいて軽沓《サンダル》をはいた白い素足がかいまみえた。

このときレイピアが一閃して、グラチウスの手首は切断されていた。

「うぐっ……」

苦鳴を吐いて黒衣の姿は奈落に吸い込まれていった。地底に叩き付けられた音はしなかった。それほど深かったか——底さえ無い真の虚孔であったものか？

ヤヌスの男の眼差しは、本体を失ってなお大理石の縁をつかんで放さぬ手に注がれた。

軽沓の尖で蹴りつけようとする——と、わいて出たように、おびただしい数の黒い翅が手首にむらがる。

（まだ使えるということか……）

つぶやきには侮蔑があった。

蝟集《いしゅう》した虫とひからびたミイラのような手があやしく融け合う。そのありさまを神を騙《かた》った面は冷ややかに見下ろしていた。

変容を終えたそれが虚空へ飛び去ると、床は再びすべりだした。鏡の間の床は元どおりになって黒魔道師の痕跡はきれいに消し去られていた。

3

《闇の司祭》は奈落をはてしなく落下していった。とっさに弟子のユリウスに《竜王との交渉は決裂じゃ！　めんどり皇女を守ることに専心せよ》と心話を飛ばしはしたが、床が閉まってしまうと心話さえ通じなくなった。

張り出した岩壁にグラチウスの体は何度か叩き付けられ、そこからさらに斜面を滑り落ちていった。

底に達するまで一モータッド以上滑落しただろう。

魔道師の黒衣は岩の角に引っかかり、あちこち裂けてずたぼろだった。かさかさに干からびたミイラさながらの肉体もただで済むはずもなかったが、老魔道師は残余の力をふりしぼって激突の衝撃をやわらげ、闇の底に漆黒の羽根が舞い落ちるように着地した。邪神ドールの加護がはたらいたものか、暗黒の魂は折れも砕けもしなかった。

しかし、闇の底に倒れふしたままグラチウスは指の一本も動かせない。まるで切断された手首から暗黒の精気がながれ尽くしてしまったようだ。

（ええい、あのちくしょうめ！　悪辣無比のとかげ頭め、きゃつの好む汚泥を練り上げて作り出された下等な奴隷めが）

もどかしさと口惜しさから、竜王ヤンダル・ゾッグと、その眷属にちがいないヤヌスの仮面に向かって、ドール暗黒教の最高祭司は下卑た呪詛を吐きつづける。敵を呪ったり恨んだりする力は魔道のエネルギーとは別口であったようだ。ただし悪口雑言とは負け犬の遠吠えにほかならぬ。

多少なりとも怒りがしずまると、おのれを負かした相手について考察をめぐらした。戦いの間に考えるゆとりは無かったからだ。

（あやつには魔道の心得はある。だがキタイ系の魔道師とは思われない。あの剣じたいに魔道の力を吸い取る仕掛けがなされていたのだ。あやつの皮膚も爪も人間のものだ。その下を流れる血は赤かろう……。肉体をかたち作るすべての要素が常の人間と変わりなく感じられた）

魔道学だけではない、医学や疫学も極めているグラチウスである。

（それでも人間とは呼ぶにはひっかかる。あの異質な《気》だ。きゃつの魂に人間性なぞかけらもありはしなかった）

グラチウスは考えに考え、ひとつの答――解答のきっかけとなりそうな事由に行きついた。

（キタイ本土にあって竜王は魔都の建設をおし進めていたと聞く。その深奥において大勢の妊婦をつかった実験をくり返していたと……。実験の目的とはおそらく生命の摂理を解き明かすことにあった。竜王はおのれの野望のため禁忌の実験をしていたのだ。かの実験が成功したという確証は得ていないが、もし成功していたとしたら……）

戦いの最中によぎった悪寒がよみがえってきた。

（もし生命の神秘に手を触れ、実際に新たな生命を生み出していたならば、ゆゆしき冒瀆行為だ）

魔道師、特に白魔道師には守らねばならぬ掟「魔道十二条」がある。グラチウスが云う、生命の秘密に手を触れ、新たな生命を生み出すことは条項のうちで厳しく禁じられている。もっとも《闇の司祭》の怒りと嫌悪は、ギルドの魔道師とは異なる理由からであった。

（もし竜王が生命を自在に生み出すわざを手に入れたならば、ドール――死を司る我が神の権威は根底から崩れてしまうではないか！　ドールの地位をおとしめるキタイの魔道など認めてはならぬ。使わせてもならぬ！　失われた生命を復活させたり、人工の生命を作り出すなど絶対に許してはならない!!）

激しく非難してはいてもグラチウスほど「魔道十二条」を意に介すことなく、好き放題してきた魔道師もいない。《魂返し》の術をつかってゾンビーを操り、ノスフェラスの瘴気に毒され死ぬばかりだったスカールに黒魔道の命を吹き込み、地下水に沈んで脳死したパリスを蘇生させ肉体改造をしてのけた。おのれの禁忌破りは完全に棚の上である。

グラチウスの怒りと恨みに身動きできぬいらだちが加担して、純粋な真理の追究という本筋を逸れだしているが、叡智の神ヤヌスも正道にもどす気にはならぬだろう。

（わかったぞ！）

グラチウスはいささか強引な結論をみちびいた。

（あやつ——ヤヌスの仮面の男の正体は、キタイの黒魔道をもって、妊婦の腹から取り出した赤子を切りきざみ、つなぎ合わせ、生命の生け贄から抽出したエキス——女王蜂をはぐくむ栄養分をあたえ真ならしめた——人造人間だ！　竜王の野望をたすける下僕のそれが正体だ。そうにちがいない）

根拠となるものなど何ひとつない、仮説にすぎぬのに傲慢な自信をもって、

（そうだ！　人造人間の縫い合わされた醜い顔を仮面でかくしておるのだ。そうだ、そうだ！　きゃつは人間もどき、人間以下の怪物にちがいない。そうでなければ、あれほどねじくれた異質な《気》を発しはしないわ！）

おのれの腹を癒すため、出来損ないの怪物だの何だの、さんざんな侮辱と蔑みの言葉をつらねてから、はたと考える。

（待て、竜王にも整形術の知恵はあるだろう。人造人間の面相を絶世の美男に作りかえることくらい……）

そこでグラチウスは改めてぞっとする。大国の主要人物の顔を「生きた仮面」となして竜王が背後につけば中原という彼の箱庭はめちゃくちゃにされてしまう。

（それはいかん。いつまでも寝ている場合ではない。なんとか脱出の算段をせねば……）

しかしヒカリゴケすら生えていない真の闇である。グラチウスは口をすぼめ加減にして「ほっ」と息を吐いた。こうもり《グードル》が闇を飛翔するときのように、何かにぶつかってはねかえってきた音の波によって位置を知る。位置確認だけではない。音波は地下の岩と岩の間に広がり反射して、驚くべき詳細な情報をもたらした。

（おお、怪我の功名とはこのこと。ここはヤヌスの塔の下か――）

ヤヌスの塔の地下には古代機械が収められている。古代機械はパロ魔道の核と云うべきもの。真上にある機械の末端からエネルギーをかすめとれば、この苦境を脱せるのではないか？

グラチウスはグードル波をつかって古代機械の状態をさぐってはみたものの、闇の中で歎息をもらす結果に終わった。

（……これもだ、完全に死んでおる）

クリスタル・パレスに入って感じた静寂と絶望、圧倒的な虚無の理由をグラチウスはこのとき悟った。

（クリスタル・パレス——聖王の宮城《きゅうじょう》は上物《うわもの》に過ぎぬ。しょせん古代機械を入れるための容れ物だ。あの機械こそが魔道王国が真に守るべき核心なのだ。それがまったく機能していない……。クリスタルの住人の消失より深刻なことだぞ）

ここで吐き捨てたつぶやきこそ、ヤヌス十二神と青い血への冒瀆であったが。

（ゴーラ王か、竜王か、いずれかがリンダ女王を奪ったとしても、古代機械さえ無事であればパロは滅びぬ。だが、こうなってしまうと……）

グラチウスはおのれの窮状さえ忘れ、いっときパロ聖王家の運命に思いをはせた。

（あらかじめ予見はなされておったがな）

先の聖王レムスの即位式でリンダに降りた予言はきわめて不穏なものだった。予言通りリンダの夫アルド・ナリスと弟王との確執によって多くの血がながれ、内乱へとなだれこんでいった。あたかもナリスの父第一王子アルシスと、後に聖王となった弟のアル・リースの諍いを、次の世代も引き継いだかのように……。

（青い血も呪われておるな。廃王レムスは宮殿のいずこかに幽閉されているはずだが食糧や水を運ぶ者がいなくなっては、餓死し淡水蛇《クネール》の干物と化しておるだろう。おのれの臣民に暴虐の限りを尽くした暗君の末路にふさわしいかもしれぬ）

小馬鹿にした笑いをもらす。ヤヌスを祀《まつ》る聖王家にドール教徒が情けをかけるいわれはなかった。グラチウスにはレムスの生死より古代機械のほうがはるかに重要であった。

（生の世界には死が満ち満ちておる、これはドール教の第一義だが……）

哲学者気どりのせりふだが、死を想い生のあり方を考察する学究や聖職者の志などあるはずもない。ドール教の司祭を称しながら、グラチウスがやってきたのは、旺盛なる野望の追求のみ。おのれの欲望を満たすため、人間の心の生ぐさい部分を突っついて思うままに操り、この世界を狂乱と嘆きに満ち満ちた「箱庭」にしたいだけだ。

身動きのつかない情況でも、グラチウスのあくどい本質は変わらない。利用できそうなものならトルクの子でもいいから、とグードルの能力を限りなくひろげていった。

そうしてついにとらえた生あるものは「人の声」だった。始めは雑音としか思えなかったが、ぶつぶつとつぶやくようなそれは歌詞であるらしい。

（吟遊詩人が生き残っておるのか――ちがうな、おそろしく下手くそな歌い手だ。しかも陰気きわまりない。これは弔いの歌だ。今のパロにはふさわしいが……この声は……）

グラチウスは注意ぶかく歌声をひろった。

（この声には聞きおぼえがあるぞよ）

よくよく耳をかたむける。海、ドライドン、ニンフの名が繰り返される。船乗りの死を悼む歌だった。海の男の魂が海神の妻の腕《かいな》に抱きとられ、永遠の安らぎを得るように祈るのは、沿海州の葬送歌だ。

歌には少なからぬ魔道がはたらく。歌い手が思い浮かべる情景を、グラチウスはのぞき見、歌い手の魂の色やかたちを見さだめた。

（歌っておるのはゴーラの狂王ではないか？　ヴァラキア生まれのゴーラ王、イシュトヴァーンにちがいない！　死と混乱を生き抜けたか、いやもとよりキタイの竜王と共謀しておったか？）

しかし――

パロを手中にした喜びも驕《おご》りも響いてこない。歌の心は千々に乱れている。音痴なのもあるが、ときどき洟《はな》をすすりあげているから、まともな歌にならないのだ。

（イシュトヴァーンが落ち込んでおる）

グラチウスは驚かされたが闇の底でにんまりした。ゴーラ王の心の闇なら知らぬものでもない、その野心や弱みにつけこんで利用できるかもしれない。

（何があったのだ？　どこにいるのだ、狂王よ）

なおも近付こうとしたが障壁《バリヤー》めいたものに阻まれた。その強力な囲いが誰によるどんな種類の魔道なのか、常の力の百分の一もふるえないグラチウスに解析できぬが、イシュトヴァーンがひたすら心を閉ざし、檻の中の囚人めいて膝をかかえこんでいる感じだけは摑めた。

（これはどうした風の吹き回しだ？　あのイシュトヴァーンがふさぎ込んでいる。悩みや挫折を味わうつど、常に解決を外に求めてきた、遠征や謀叛人の粛清という血ぬられた方法ではあったが、そのイシュトヴァーン、血にまみれた狂王、乱世の梟勇《きょうゆう》がいったいどうしたわけなのか……）

グラチウスは感懐をもらした。黒魔道師の性で非常に好奇心をそそられる。

（戦となると若い狼のように猛り立ち、愛剣に血を吸わせれば吸わせるほど調子づくイシュトヴァーン、死と禍をまきちらすドールの申し子と呼んでもよい狂戦士が……これはまるで、片腕か片目か取り替えのきかぬ大事なおのれの一部を失くしたようじゃな）

グラチウスは考えた。彼が失くしたものを。広大な領土か、巨万の富か、百万の兵なのか？

一国の王にまでのしあがった男を、これほどまでに落ち込ませる失策とは何であろう？　黒い心にとっていたく魅力ある命題であった。グラチウスはうかうかとグードルの波形におのれの影をうつしだすほど身を入れて知りたがった。探りを入れようとした——と、冷やりとする鋼の剣より物騒な《気》をイシュトヴァーンの傍らに感じ、あわてて深く探り入れた手をひっこめた。

剣呑な《気》の持ち主は、膝を抱え込んでいるゴーラ王に寄り添って、その漆黒の翼につつみこむかのようだ。

（ヤンダル・ゾッグの眷属か？　狂王を慰めているかのようだ……）

酔狂な…と《闇の司祭》は内心あざ笑った。

（今さら慰め癒したところでもう遅い。きゃつの魂はすでにドールのもの。自ら望んで、自らの手で魂を邪神に渡して王座にのぼったのだ。友を、妻を、忠実なる下僕を、その手で斬って落とすたび、そやつらの怨嗟《えんさ》という深い闇に魂をひきずり込まれたのだ）

かつて——そのイシュトヴァーンの国盗りに加担したことなど忘却したようだ。グラチウスにイシュトヴァーンの心の闇を思いやることは出来なかった。

今度こそ……もう後戻りできない。おのれが犯したことに潰されそうな……ドールの所業をしでかしたのだ。マルス伯、リー・ファ、アムネリス、アリストートス……かれらより、かれらとは比べものにならない大事な人物だった。大切な……けっして失ってならない、大事な人物を自ら葬ってしまった——悲しみであり悼みであった。その絶望の深さを世界の叡智をきわめつくしたと豪語する魔道師は読みとれていなかった。

死者を惜別する歌声はいつしか途切れ、頼りなく弱々しい泣き言に変わっていた。

「オルニウス号の守り神……ドライドンの青い髭にかけて、俺はなんで…こんなことを……カメロン」

十かそこらの子どものようにイシュトヴァーンはしょげかえり、悔やんでいた。《闇の司祭》が理解できなかったのも仕方ないかもしれぬ。あのイシュトヴァーンが後悔していたのだ。

4

街道沿いの野営地に闇の帳がおりている。

旅団の人々は、大きな天幕を中心に、周りにも小さな天幕をいくつか張って眠りについていた。馬たちは道沿いの樹につながれ立ったまま寝ている。

黒い箱馬車は幌付き馬車の端に停められ、栗毛と白毛の馬が傍らに体を休めていた。

白馬のほうが不意にぴくりと耳を動かした。鼻にしわを寄せ妙に人がましい表情をすると、街道の方角に首をまわしルビーのような紅い目を闇にひからせた。

(お師匠さまか？　いや、これは、ちがう……)

白馬に化けた淫魔ユリウスだった。このとき淫魔は異様な波動——魔のものが接近してくる最初の兆しをとらえたのだ。

(こいつはやばいやつだぞ？)

まだかすかだが鼻腔を刺激する悪臭。それはクリスタルの郊外で遭遇した蜥蜴《クルーラ》の化け物の体臭にちがいない。狼の群《ブルク》が地を蹴っているような響きがつたわってくる。

（……十四や二十四じゃない）

ユリウスは馬首をめぐらすと駈けだした。箱馬車の中で仮眠をとっていたライウスが蹄の音に気付いて、目をこすりながら出てきたとき、白馬の尻はすでに遠ざかっていた。

シルヴィアとパリスはまだ灰色猿《グレイ・エイプ》の檻の近くにいた。大猿使いの少女から女王猿の話を聞かされて、シルヴィアがそこから離れたがらなかったからだ。

甲高いいななきに二人ともふり向く。

シルヴィアは白馬に不審の目を注いだだけだったが、パリスは表情を堅くした。

《敵の襲来だ。竜王の猟犬の大群がやってくる。すぐに逃げねば。背中に乗れ！》

パリスはユリウスの心話を聞いて、

「ルヴィナさま、にげ…ましょう」

「どうして？　何で急に逃げなきゃならないのよ？」

顔にいやと書いてある。もっと文句を云おうとしたところで彼女も理由を知った。聞き覚えのある吠え声が夜風に乗ってきたのだ。

「おお、あの化け物ね!?」

たちまちくちびるまで蒼白になる。恐怖の体験は記憶に生々しい。

「に、逃げるってどこに？　逃げ切れるの？」

忠実な従者はだまりこくっている。彼は腰の左右に剣を吊っているが、相手は鋼の剣が通用するかさえわからない怪物だ。

パリスは黙ってシルヴィアに手を差しのべる。

「それにカラヴィアの人たちはどうなるの？」

ほんの短い間だったが、服を買ったり、お菓子をもらったことが、シルヴィアを自分でもよくわからない感情でからみとっている。

シルヴィアは後退《あとずさ》った。背中が大猿の檻に当たる。

そのとき聞こえてきた、断末魔の馬の鳴き声が。

蜥蜴犬はまず旅団の馬たちに襲いかかったようだ。

「いやあぁぁ！」

シルヴィアは頭をかかえ座りこんでしまう。また悪夢のような出来事がくりかえされる。妖獣の牙に人間も馬も引き裂かれ食べられてしまう。最悪のことを考え恐慌におちいって逃げるも何も心がまひして、彼女は何もできなくなってしまう。にわかに心の病がぶりかえしたように。

「いやよ、いやいやっ！」

こうなるとシルヴィアはやっかいきわまりない。

《お姫さまに当て身を食らわせ気絶させてひっ担ぐんだ》とユリウスは冷酷だが、パリスはシルヴィアに手を上げることなどもちろん出来ない。

闇が丘に幽閉されていたシルヴィアを、トルクをつかって掘った地下道から脱出させようとしたときも、錯乱するシルヴィアに手を焼かされているうちに、グインがトルク退治に用いた地下水が闇が丘の地下に達し二人とも流される羽目になったのだ。

《ぐだぐだしている場合か！　とにかく早く逃げ出さないとたいへんなことに――》

ユリウスはいないいて促すが、座り込んでしまったシルヴィアを前にパリスは憮然と立ちつくしている。

黒魔道に生み出された犬たちは、その間にも幌馬車の馬を食いつくし、鳴き声で異変に気付いて様子を見にでてきた人間にも襲いかかった。たてつづけに悲鳴があがり、犠牲者が牙にかかるおぞましい音にとってかわった。

獣の襲来に旅団の者たちは肝をつぶした。だが彼らは一方的に狩られるひつじ《フラー》の群ではなかった。

パロ人は中原一ひよわと云われるが、カラヴィアの民は例外的にたくましい。なにしろガブールの灰色猿をとらえようという辺境の人種だ。野獣の群と戦った経験もこれが初めてではなかった。すぐに勇気と態勢を立て直して、

「狼の群《ブルク》だ。人間の味を知って襲ってきたんだ。女子どもは真ん中の天幕に入るんだ」

男たちは手に手に得物を握り、もう一方の手には松明をもって、闇にひそむ獣に対峙した。

家族が入った天幕のまわりを、じわじわと生き物の息づかいと、なまぐさい悪臭が押し包んでいった。闇にいくつも鬼火がともり、ひくい唸り声が近寄ってくる。炎が獣の正体をあばいたとき、「ブルクじゃない…？　なんという……」

さすがに勇猛なカラヴィア人たちも愕然と声をなくした。

爬虫類の虹彩を持ち、緑がかった鱗で全身をよろう獣は、ある種の猟犬がそうであるように胸腔がたくましく腰が異様に細くくびれている。

辺境に暮らす者の常でカラヴィア人もまた迷信深かった。

「魔犬だ！　魔物憑きの犬だ」

天幕の中で身を寄せ合う、カラヴィア人の女や子供たちは、父親や兄の叫びを聞きとっていっそう震えあがった。

そこへ――

「干し肉だ。干し肉をばらまくんだ！」

天幕に飛び込んで来た初老の男が喚きたてた。ライウスである。

「古の賢人タウロがとった方法です。蜥蜴犬《クルーラ・バウ》たちが餌に食いついている間に逃げ出す。それしか助かる方法はありませんよ？」

両手を大きくふり回し喚《わめ》きちらす情報屋の服は血飛沫《しぶき》で染まっている。馬の血だった。箱馬車につながれた栗毛の馬を生き餌にして、なんとか逃げてきたのだ。馬は骨も余さず食われてしまった。

　女の一人が——それは服屋の女房だったが、青ざめた顔を横にふった。

「よく見てごらん、やつらの数を。食糧を全部やってもむり……おお、神さま……！」

　女はヤーンの印を切った。そのスカートには幼い息子がしがみついている。

　ライウスは外を覗いて腰をぬかしそうになった。闇に光る獣の目は百対近くもあったのだ。

　天幕の外側ではすでに、カラヴィア人と魔犬の戦いが始まっていた。それは死闘と呼んでもよかった。

「食らえ、魔物！」

　魔犬の平たい額を狙って手斧を振り下ろす。が、岩石に打ちかかったようなものだ。斧は異様な音と衝撃とともに弾きかえされ、厚い刃がいっぺんでぼろぼろに——使い物にならなくなった。斧を手に愕然とする男の、喉笛をねらって獣は跳躍した。鮮血がしぶき、どうっと倒れ込んだときすでに男は絶命していた。

「畜生めっ」

　ひときわ筋骨たくましい大男が、仲間の血に汚れた犬の口をめがけ、先を尖らせた自分の腕ほどある棒を突き込んだ。おそるべき魔犬の歯牙は一タッドもある棒をそのまま嚙み砕き、棒を握っている腕までも食いちぎった。

「おあぁ……！」

肘から先を失くした男は鮮血を噴き出し棒立ちになる。そこへ別の一匹が飛びついて鋭利な牙で首を切断した。頭を失くした体が倒れる前に数匹が群がって、おそろしい勢いでむさぼり食らいつくす。

「ドールの犬《ブルク》め……！」

相手が狼より数等おそろしい、邪神が四つの足と牙をあたえた妖獣と知ってもカラヴィアの男たちは逃げなかった。狂ったように叫びながらも、蜥蜴犬にうちかかっていった。ひとえに家族の命を守るため。

しかし——

両腕を食いちぎられ、胸を噛み裂かれ、頭から噛みくだかれ、男たちは倒れていった。その断末魔の苦鳴、がつがつと肉を食らい呑み込む音、骨まで噛み砕く音が、天幕を通して聞こえてくるのだ。

誰かの父親か夫か兄の体からほとばしったものが、天幕にふりそそいでその部分が暗く染まる。女たちと子供たちはヤヌスの名を唱えていたが、恐怖に喉を押しふさがれ、その声はとぎれとぎれの嗚咽《おえつ》に変わっていった。

泣きやまぬ赤子をあやそうとして、若い母親は乳首をふくませながら（このまま窒息させたほうが……生きたまま食われるよりましでは）哀しい母心から追いつめられてもいる。

天幕の中にすすり泣きと絶望が満ちる。

「死にたくない、こんなところで。ご主人さま、どうかお助け下さいまし！」

ライウスだけがヤヌスと真逆の《闇の主》に祈りを捧げていた。

とその時、どさりと、天幕の入り口に倒れ込んできたものがあった。死骸だ。それを食らう妖獣の鼻面が天幕の裾からのぞき見え、ライウスは肝をつぶした。

「ひぃぃ！」

情けない悲鳴を上げ、逆側の天幕の裾から這って逃げ出した。

まともに戦えるカラヴィア人は三十人も残っていなかった。それでも最後まで逃げようとしない。腕力と勇気だけではなかった。カラヴィア人は中原一、家族を思う気持ちが強いのだ。

しかしそれも時間の問題のようだ。鋼の刃をうけつけぬ鎧をまとったドールの犬。その数は八十……いや闇にひそんでいる数は見当もつかない。生き残った男たちを真紅の鬼火のような目がとりかこんでいる。

それでも男たちは歯をくいしばり、誰ひとりとして逃げようとはしなかった
そこへ、高らかな馬蹄の音が聞こえてきた。

蜥蜴犬の群の一角をやぶって白馬が現われた。乗っているのは鼠色の道着をまとった大男だ。馬上からカラヴィア人に呼びかける。

「いぬの目…目を……つぶすのだ」

男の声はくぐもっていたが、その剣さばきは鮮やかだった。地を蹴って飛びかかってくる獣を二刀をたくみに操って躱《かわ》しざま、唯一の弱点——爬虫類の目——を突く。返す刃で掻き切る。目をやられた犬は前肢で顔をかきむしり地面をのたうちまわった。

男の剣技がカラヴィア人の勇気をよみがえらせた。

「あの目を潰しちまえばいいんだな」

ある男は思いついて、そだの束を天幕からひっぱり出してきた。枝の尖《さき》に火をつけ獣の顔面に投げはなつ。みごと目に命中して、きゃんと鳴き声が上がった。一矢報いられた、そのことが闘志にも火をつける。

「おう！」と声を合わせ、カラヴィア人は反撃を開始した。犬の目を焼く者、刃物をつかう者、協力しあって一匹でも倒してやると意気に燃える。

その間にも、白馬の騎士——パリス——は確実に蜥蜴犬を屠《ほふ》りつづけていた。二本の剣がひらめくたび犬の苦鳴がひびく。蛇の目を横一文字に切り裂かれ、空中でもんどりを打ち、落下したのをカラヴィアの男が棍棒でめった打ちにする。

白馬も戦っていた。強力な蹄が剝き出した牙もろとも顎の骨を蹴り砕く。倒れてもがいている犬に、白馬は額から長い刺《とげ》のようなものを伸ばし、急所を貫いてとどめをさした。

黒魔道に生み出された生物である。不死ではないにしろ、その生命力はおそろしく強い。いったん倒れても安心出来ないのだ。急所をつらぬくか、心臓を抉りとるか、体を半ば以上焼かねばならない。完全に息の根を止められると、鱗がぼろぼろと剝がれ落ち、肉や骨が溶けくずれて無に帰する。

しかし《闇の司祭》の弟子の淫魔が人助けとは奇異な図だ。快楽を共にしたからといって女を助ける心など持ち合わせてなどいない。

（カラヴィア人の死骸をゾンビーにできたらよっぽど楽だったのによぉ……）

黒魔道を使えば、腕一本、歯型しか残らなくても敵に立ち向かわせられる。なのに魔犬は頭の骨まできれいに食い尽くしていた。

（くそ犬どもめ、学習しやがったな）

前回の戦いでは《魂返し》の術で死人をよみがえらせ、その骨の身体が犬たちを抱き込め刺し貫いて全滅させたのだった。

内心不満たらたらでもユリウスはよく戦った。パリスとカラヴィア人も奮闘をつづけている。すでに二十四を超える蜥蜴犬を消滅させていた。

（やっかいったらありゃしねえ。これもみな面倒なめんどり皇女さまのおかげだぜ）

自分たちだけ逃げるのはいや、とシルヴィアは云ったのだ。ほんのつかの間の触れ合いだったのにカラヴィア人の旅団に恩や情を感じたのか？　シルヴィアの場合そうではなかったろう。ただ居心地がよかったから、その場所にその状態に居続けたい、それが彼女の願いなのだ。自分につごうのよい状態がつづいてほしい。楽しい夢から醒めたくない、そんな少女の思いつきから、パリスに命じた。

「カラヴィアの人たちを助けて、なんとかして！　この前みたいに、できるんでしょ？　怪物なんかやっつけてちょうだい」

とんでもない命令なのにパリスは従ってしまう。そして、これもまたやっかいなことに、そのパリスにユリウスは命を助けられている。シルヴィアに化けてグインをたぶらかそうとして見破られ、グインのスナフキンの剣に消滅させられるすんでのところを救われたのだ。それからユリウスはパリスには弱い。頼みをかなえざるを得ない。

（これがお師匠さまだったら、カラヴィアの旅団ごと――男も女も子供までゾンビーに変えちまって、思いのままに操るんだがなあ）

その師匠ほどには弟子の淫魔は冷酷になれないのだった。

ユリウスはまた一匹蜥蜴犬を倒す。カラヴィア人たちの目には、ササイドンの地獄からわき出す魔物を退治する神馬にも映ったろう。――きわめつけの皮肉だが。懊悩《おうのう》はユリウスの背で剣をふるうパリスにもあった。

シルヴィアをひとりにしてきている。正しくはひとりではないのだが、カラヴィア人のために戦うより、シルヴィアのそばに居て守ることこそ彼の一義、《闇の祭司》の眷属にされる前から望みのすべてだった。次々と妖獣を仕留めながらも、パリスの表情は暗くなやましげである。

シルヴィアが大猿の檻の前に残ったのには、もうひとつ理由があった。パリスがシルヴィアを馬に乗せようとしていたとき、メイという大猿使いの少女が割って入ってきて、

「逃げなくても大丈夫よ」

騒ぎに気付いた少女はまっ先に大猿のもとに駈けつけてきたのだ。

「犬ならどんな犬も灰色猿《グレイ・エイプ》の女王には近づきゃしないわ。大猿と犬じゃ格がちがうのよ。父さんから習ったわ。それに女王が呼べばガブールの森から、たくさんの大猿が助けに来るんだから。この檻にはけっして近付かないわ」

神話や迷信を絶対の護符と信じて疑わない目をメイはしていた。

「猿と犬は仲が悪いって本に書いてあったわ」

それまでしゃがみこんでいたシルヴィアがここで顔を上げて云った。

「あたしはここにいるから。パリスはカラヴィアの人を助けに行って」

メイの言葉をシルヴィアは信じ込んでいた。竜王がはなった魔犬の標的が当の自分とも知らずに……。

異様な吠え声と人の苦鳴、それに剣の響きはいっかな止まない。

「女王がおびえている……」

檻をのぞき込んでメイは青い顔でつぶやいた。さいぜんの自信に満ちた様子はもうどこにもない。不安なのは大猿使いの少女も同じなのだ。

シルヴィアのほうも、さっきからほとんど動きもしない薄汚れた毛のかたまりに、そんな魔道のような利益《りやく》は期待できないと夢から醒めた気分でいたが、

（大猿の女王、本当にお前が女王なら、ガブールの森の仲間を呼んで、蜥蜴犬たちをやっつけさせてよ。パリスやカラヴィアの人たちがやられないように。ううん、大猿じゃなくてもいいわ。ヤーンよ、救いの手をさしのべて、どうか……！）

シルヴィアの祈りの途中で、メイがひぃっと声を上げた。

「へ、へんなものが転がってきたよ！」

少女が指さすものを見て、シルヴィアは絶句した。

それは男の生首だった。胴体から下をむざんに食いちぎられた——情報屋のライウスだった。横倒しになって転がってきたのが止まって、

「はあ、はぁっ……」

たいそう苦しそうだが、首だけになっても呼吸をつづけていた。ドールの眷属に安ら

かな死は与えられないのだ。

「これは、これは……ルヴィナお嬢さんじゃありませんか？」

横倒しになった首の切り口から骨がのぞき、赤い筋っぽいものをむざんに引きずっている。シルヴィアはえずいた。吐いたのはかる焼きがほんの少しだったが。

「ルヴィナさま…いや、シルヴィア皇女、ケイロニアの世嗣ぎの姫。あんたをパロに亡命させ豹頭王に対抗してケイロニア皇帝を名乗らせるのが、《主》さまの計画でしたっけ」ライウスは饒舌だった。真っ青な顔に脂汗を垂らしながら。それともしゃべっていたほうがまだ苦痛がまぎれると思ったか。

「ああっ、ちくしょう、なんて痛いんだ！」

「……いぬ？　蜥蜴犬にやられたの？」

シルヴィアはなんとか言葉をしぼりだした。

「そうですよ。猫に甘嚙みされたように見えますか？」しゃれたことを云ったとばかり、ライウスは口を曲げたが腹筋がないものだから笑えなかった。

「ね、猫を飼ってたんですよ。虎縞と赤猫と真っ黒いやつをね。毎晩寝床にもぐりこんでくるんです。女房より可愛かったですよ。平凡に暮らしていたのに、おかしくなったのは黒死病からだ。すぐに猫たちと女房と避難して帰ってきたら、自分だけ逃げ出したと下町中のつまはじきだ。何も悪いことはしていないのに。ケイロニア人は大らかなんて大嘘だ。売国妃事件がいい証拠じゃないですか。ゾンビーの口寄せだって？　胡散臭い話にてもなくひっかり、みんなして何もかも売国妃のせいだ悪女を殺せ！　となっちまう。そのとばっちりを食って、あたしは監獄暮らしとあいなった。牢の中では猫のことばかり考えてました。女房は猫が好きじゃなかったから、捨てられてしまったにちがいない。どの子も年寄りでやわらかい肉しか食わなかったのに……もう生きちゃいないでしょう」

ライウスの目から涙がつたいおちた。

「ああ、痛い。死ぬのって痛いもんですねぇ。こんな痛い思いをするとわかっていたら、監獄を抜ける誘いには乗りませんでしたよ。悔やんでも悔やみきれやしない。わがままな手のかかるお姫さまを押し付けられて……。やんごとない方だから仕方ないと思っても辟易《へきえき》しましたよ。その調子で豹あたまの旦那の手も焼かせたんでしょ？　さすがの旦那も堪忍袋の緒が切れて、あんたを幽閉し永久に表に出てこないよう計らった」

ただ呆然と聞いていたシルヴィアだが心の傷を逆なでされ、かっとして、

「そ、それが何よ……！　グインなんて夫とも思ってないわ。愛妾を作ったのよ！　その女と子供まで……双児が生まれたと聞いたわ。あたしの赤ちゃんは殺しておいて！　あんなやつ、あんな化け物どうでもいいわ。あたしはケイロニアなんか一生もどらないんだから」

カラヴィアの少女はとんでもない方向に転がる話を目をまるくして聞いていた。

「当然もどれないでしょうね。《売国妃シルヴィア》はサイロン中の憎しみをかっている。あんたを黒死病の下手人と信じてみんな殺したいくらい憎んでいる」

「それが何だっていうの！」

「民に憎まれている皇女が、どんな後ろ盾を得ても、ケイロニア皇帝にはなれないってことですよ。《主》の力をもってしてもこればっかりは無理。それにあんたの性格だ。とうてい人の上に立つ器じゃない。妾腹の姉上の爪の垢ほども人望なんかありゃしない。

……あはあ……！」息も絶え絶えの笑いだった。

「これですっきりした、どうしても云ってやりたくて……」

うぅっと呻いて赤黒いかたまりを吐く。ライウスは目に見えてよわっていた。

「助けに来てくれなかった《主》も恨んでますが、あんたも憎い……あんたさえいなければ、あんたが醜行をしでかさなければ……あたしも、猫たちも……売国妃シルヴィア……恨めしい……あぁ…にくぃ……」

声は聞きとれぬほどよわくなったが、命の最後のあかしである両眼の光はひたとシルヴィアに注がれていた。怨嗟に満ち満ちた眼差し。彼女は地下酒場で襲いかかってきた者たちを思い出し悪寒から自分の腕を抱いた。

「知らないわよ、売国妃なんて。誰のことをいってるの？　みんな勝手よ！　あたしのことを自分の思い通りにしようとして！　あたしはあたし、昔も今も変わってないのにみんな悪くいう、悪くするんだ……」

人々の憎しみや怨嗟をぶつけられるたびシルヴィアは、自分は悪くない、自分は平凡な女にすぎない。だから平凡な幸せを夢みただけ……呪文のように唱えるしかなかった。

「きゃあ！」

突然の悲鳴にシルヴィアはひきもどされた。メイが腕にしがみついてきている。

吐き気をもよおさせるようなけしきだった。闇の中から現われた三匹の蜥蜴犬《クルーラ・バウ》が生首に群がり、一匹が頭に歯をたて、もう一匹が頰の肉を食いちぎる間にライウスは絶命した。シルヴィアの膝からかくんと力がぬけた。

（これは夢よ、悪夢なの……）

一タルザンもかけずライウスの首は食い尽くされ、次に爬虫類の目が注がれたのは、くずおれた女だった。この情況でメイが行動を起こした。

腰の巾着から鍵の束をつかみだし、檻の——灰色猿の檻の——錠前を解いたのだ。

扉を大きくひらいて、少女は大声で叫んだ。

「女王さま、あなたに自由をあげる。だから——仲間を呼んで！　ガブールの森から大猿の仲間を呼びよせてよ！　化け物犬なんかやっつけて!!」

だが奥にうずくまる灰色のぼろは、この叫びにも自由への誘いにも反応しなかった。

黒蓮に類人猿の脳《つむり》は蕩《と》かされているのか？

蜥蜴犬たちは血とよだれが混じりあった薄紅の液体を顎門《あぎと》に伝わせながら、シルヴィアに近付いてくる。その距離は三タッドもなかった。

そのとき風向きが変わった。

灰色猿はびくっと身を震わせ何度か頭を振った。腕を上げ何かを払いのけるしぐさをして鼻をひくつかせる。風に混じってきた臭いが、眠りについていた本能を目醒めさせたものか。

大猿はひくい唸りを上げて立ち上がった。長い両腕を前に垂らし、足かせの鉄球をひきずって歩きだす。両の目を満たすものは、黒蓮の夢を中途で断ち切ったものへの怒りに他ならぬ。鉄の扉を出て檻が載った台車から飛び降りる。ずしんと地響きがした。

むせかえるほど濃い体臭が夜気にはなたれた。

この体臭に異形の犬たちは鋭く反応した。何千年もの昔犬族に刷り込まれた本能が黒魔道を凌駕した瞬間だった。爬虫類の目が、倒れ伏した人間の女から――大猿の女王へと移った。蜥蜴犬たちは天敵への憎悪をたぎらせ、灰色の巨軀に向かっていっせいに吼えたてた。

檻から出て、地を踏みしめる《女王》は、中原一と畏れられる偉容と威厳を確かにそなえていた。

《女王》は胸を大きくそらし両手で叩き、犬たちを威圧するように吼えた。

大猿使いの少女は両手をもみしぼり、対峙する獣たちを緊張して見つめていた。

「あぁ……」

シルヴィアはこのときようやく失神から目覚めた。少女の姿が目に入ったので、なんとかそちらに這い寄る。

「何がはじまるの……」

「女王と化け物犬の戦いだよ」

カラヴィアのメイはケイロニア皇女の震える手を握りしめた。シルヴィアもおそるおそる獣たちに目を向けた。

先に攻撃を仕掛けたのは蜥蜴犬だった。並の犬の倍以上の脚力で宙を翔け、大猿の腕に牙を打ち込む。苦痛は黒蓮から大猿を完全に覚醒させた。大猿は夜気をとどろかせるような叫びを上げ、嚙みつかれた腕をぶんとふり回した。もう一匹、空中に身を躍らせたのに、仲間の体を背中合わせに叩きつける。二匹とも背骨がへし折れたらしく、苦鳴と共に血と泡を噴きだす。《女王》は別の一匹に足の鉄球をぶつけた。頭を粉砕した犬の肋《あばら》を容赦なく踏みつぶした。

「ね、すごいだろ？　女王さまは強いんだよ、いった通りだろ」

メイは得意げだった。大猿を野放しにしてしまったことを省みるようすなど見られない。

「でも仲間は助けに来ないわよ」

シルヴィアは震え声でいった。

「まだだよ、ガブールの森は遠いから……」

少女が苦しげに返答したところへ、だった。

「シルヴィアさま！」

パリスの声だった。悲鳴を聞きつけ駈けもどってきたのだ。

カラヴィア人を見捨てたのではない。カラヴィア人はかよわい羊の群ではなかった。蜥蜴犬たちとの戦い方をおぼえると、あらゆる武器を駆使し、女たちにも協力させ、尖らせた木や松明もつかって犬の群を半減させるのに成功していた。

しかし——

他の蜥蜴犬も《標的》の悲鳴をとらえたのだ。

黒い影と足音が接近してくる。シルヴィアもその手を握る少女も凍り付いたように固まった。パリスは白馬を乗り入れ彼女たちの盾になろうとした。

が、魔犬の標的はシルヴィアではなかった。蜥蜴犬どもは今度はうなり声をたてず、すばやく大猿に飛びかかり牙を打ち込んだ。大猿は両腕と両足も振り回すが、強力な牙と顎を引きはがすことはできない。次々と食いつかれてゆき、結果——巨きな体が隙間なく鱗を生やした犬たちに覆いつくされた。大猿は狂ったように吼えながら、全身を独楽《こま》のように回してふり離そうとしたが、時すでに奇怪な現象にとらわれていた。蜥蜴犬たちは、ある種の寄生虫のように、じょじょに大猿の体内にくねり入り、侵蝕していったのだ。

灰色の毛皮が青緑の鱗に変容してゆく——それはおぞましい変態だった。淫魔ユリウスは不快感にたてがみを震わせ、パリスもまた何が起きているか理解するゆえに顔を暗くゆがめた。キタイの黒魔道に生みだされた生き物は自身も黒魔道をつかえたのだ。強大な破壊力をもつ灰色猿を同化するというおそるべき術をつかってのけたのだ！

「シルヴィアさま！」

パリスは声を励まして、しゃがみ込んで動かない女を、どうにか立ち上がらせようと試みた。

《逃げよう。おいらこんな化け物とは戦いたくねぇ。勝てる気がまったくしない》

ユリウスが心話で叫んでいる。だがパリスの目はシルヴィアから離れない。完全に腰を抜かしているシルヴィアは、星の淡い光の下に異様に黒ずんで見える、倍にもふくれ上がった怪物の姿を憑かれたように見つめている。

《もうお姫さまなんかほっとけ》

化け馬が甲高くいなないたのと、パリスが鞍から飛び降りたのは同時だった。

《大馬鹿やろう！》

シルヴィアへの忠義心をこそ淫魔はののしった。

パリスがシルヴィアの腕をとったのと、大猿の変身が終了したのはほぼ同時だった。

《女王》の腕がシルヴィアに伸ばされる。パリスは皇女をつきとばした。カラヴィア人の少女が抱きとめるかっこうになる。

パリスは大猿の成人の太ももより太い、硬い鱗によろわれた腕を二本の剣を交差させて受けとめた。

灰色猿の真紅の目がパリスをとらえた。野獣の怒りではなかった。猿の脳《つむり》を異質で邪悪な意思が乗っ取っている。もう一方の腕が襲ってきた。パリスは地を転げて逃げるしかできなかった。妖獣は何箇所となく地面をうがった。岩が粉砕される。しかも巨大な掌には鋭い爪がそなわっている。

その爪がパリスの頬をかすめた。皮膚が裂け血がほとばしる。顔を血にまみれさせたパリスは敵の懐にとびこみ、大剣を叩き付けた。大猿はとっさに鱗によろわれた腕で急所を防御する。ひときわ高い金属音が響き——折れた剣が宙を舞った。

《だめだ、こりゃあ》

パリスの敗北をユリウスは確信していた。パリスの意図はわかっている。大猿の注意をひきつけるだけひきつけ、その間にシルヴィアを逃がすつもりだ。しかし当の姫君は腰が立たず、カラヴィアの少女に引きずられているありさまである。

《あんな女のために、なんで命を賭けるんだよお》

淫魔にはまったくもって理解できない。頭がおかしいとしか云いようがなかった。誰かのために自分を犠牲にする、なんて人間の心のはたらきは。狂ってやがる！　ユリウスは腹を立ててすらいた。

パリスは一本になった剣を構え直し、呼吸を整えふたたび胸に斬りつけた。剣は弾け飛び、妖猿に払いのけられただけでパリスは地べたに叩きつけられた。それでもまた立ち上がる。素手で妖獣に立ち向かってゆく男の絶望的な戦いをユリウスは見ていられなかった。

《無駄だし馬鹿だし、命だってトートのアレだって……もったいないったら……》

そのとき大勢の足音と声が近付いてきた。

カラヴィア人たちだった。蜥蜴犬の群の多くが大猿に集ったため、残り少ない犬を自力でやっつけられたのだ。激しい戦いで全員どこかしらに傷を負い、血をながし、足をひきずる者もいたが白馬の救世主のもとに駈けつけて、

「がんばれ！」

「化け物なんかに負けるな」

松明をかかげ、細い枝に炎を移したものを、手槍のように大猿に投げつける者もいる。

みながみなパリスの勝利を信じ、健闘をたたえている。

《馬鹿か、こいつら》ユリウスは吐き捨てた。

パリスが大猿に張り倒されたとき、淫魔が化けた馬はまたたくまに溶けくずれ、もとからの古代魔族の不定形に変わった。これにカラヴィア人たちは目を剝いた。驚きはしたが共に戦ったユリウスをカラヴィア人は味方と思っている。あやしく白い流動体が飛翔する姿に信頼のまなざしさえ注ぐ。

カラヴィア人が思った通り、古代魔族は倒れたパリスに巻き付いて、大猿に踏み潰されるすんでのところを救った。カラヴィア人が声援を送る。

高く舞い上がったユリウスはパリスにささやく。

《やつの弱点は目だ》

パリスはうなずく。

《お前を猿の肩の上に下ろす。あとは──お前の悪運しだいだ》

ドールの眷属が悪運を祈るとは、健闘を祈るということだ。ユリウスもキタイの黒魔道が生んだ妖獣から逃げず戦う道を選んだ。パリスに賭けてみようと──不可能と思いながらも……

《これを使え》

魔族の身体の一部を短剣に変えてパリスに渡す。

妖猿はひらめき飛ぶユリウスをとらえようと腕を伸ばす。大きく腕を振ったとき生じた隙をとらえ、パリスは大猿の肩に飛び移り、両足を首にかけて締め上げた。妖猿は怒りの唸りをあげながら、パリスの足を鉤爪で引きむしった。脛《すね》をえぐられながらもパリスは魔剣を大猿の目に突き込んだ。

ぎゃあと絶叫を放ちつつも、妖猿はパリスの足固めを外した。

地に叩き付けられたパリスはもう動かなかった。

《殺られちまったか……》

空中に留まっているユリウスは絶望のうめきを漏らす。

片目に短剣を突き立てた大猿は、苦痛と怒りの声を荒らげ、たたらを踏むような動作をくり返す。パリスを踏みつぶしているのか——と、そのとき。

星の光を受けて一条のきらめきが宙を過《よぎ》った。

妖獣はふたたび激しいおめき——苦鳴を上げた。

残っていた目に深々と矢が突き立っていた。

矢が射かけられたのは野営地の外からだった。街道から馬蹄の音が響いてくる。カラヴィア人たちはかざす松明の灯りに、白銀の甲冑の群が走り込んでくるのを見た。

パロ風の鎧をまとった騎士たちの先頭で、高々と手が上げられ下ろされると、炎の川が夜の闇を横に裂いた。何十もの火矢が大猿の急所に突き刺さった。顔、喉、腹部へと

──。

大猿はあえぎながらも新手の敵に向かっていこうとするが、騎士たちは浮き足だつことなく次の矢をつがえ巨大な標的に向けはなった。

何十本──百本ちかい火矢を身体に突き立てられ、大猿の動きが緩慢になってゆく。矢には油がしみこませてある。炎が毛むくじゃらの長い腕、頭部や胴体に燃え付き激しく燃えさかる。

火の精エーディットの浄めの炎が、黒魔道に蝕まれた生命をつつみこんでいくのだ。

「おおぉ……」

苦しげにも哀しげにも聴きとれる声。大猿の目から真紅の光がうすれ消えてゆく。

ガブールの森の《女王》が火葬になるありさまを、廃嫡された皇女と大猿使いの少女は抱きあって、何も考えられず感じられない、そんな目をして見つめていた。

第四話　ヤーンの手技《てわざ》

1

彼女は旅立ちの瞬間《とき》を待っていた、ルアーの光を照りかえす赤いレンガの道のかたわらで。

小さな小さな彼女は、彼女と身を寄せ合うたくさんの姉妹《きょうだい》と同じ、鳥の羽根より軽いドレスをつけている。植物の神アエリスが風の神ダゴンの教えを受けて、特別に誂《あつら》えた綿毛のドレスだ。

アエリスは愛する娘——植物の種子——に、ふわふわした風に運ばれやすい衣裳をあたえ広い土地に根付くようはからったのだ。

やがて、その時が来た。

一陣の風が走り抜ける。量感さえそなえた黒い風が、街道の脇に生える草の茎を大きくかしがせ、ほぼ一瞬で彼女と姉妹全員を吹き飛ばしたのだ。

颪に巻き上げられた彼女は、偶然にも、疾風をもたらした者のごわごわした黒い毛皮にくっついてそのまま旅をした。

南ケイロニア、ワルスタットの、街道沿いには果樹園がつらなっている。おだやかで美しい風景だ。もっとも、半ば眠っているアエリスの娘にケイロニアという大国のこと、この地方が「ケイロニアのパロ」と呼ばれていることなど知るよしもなかった。

時は黒の月、晩秋である。草花は枯れて実を熟し、次の世代に命を託す——自然の営みに彼女はその身をまかせるだけ。運は風まかせ。何も特別なことはない。特別だったのは、彼女を生まれ育った土地から運んでくれたものにあった。

花の種から見たら山ほども巨きい、黒い風の正体は、はるか北方のベルデランド産の黒馬だった。

ケイロニアで最も北にあるベルデランド！　南ケイロニアとは端と端の選帝侯領ではないか？　実際のところ——地図に描くとケイロニアは上方がやや尖った菱形になるが、一辺が五百五十モータッドを超える広大な菱形のてっぺん、一番北にあるのがベルデランドで、その対角である最南部がワルスタット選帝侯領なのである。

中原一巨大な菱形のふちを十二の選帝侯の領地は取り巻いている。ベルデランドから東回りに、まずローデス、ランゴバルド、サルデス、アトキア、ワルスタット。そして、ダナエ、フリルギア、ツルミットとラサールがやや狭く南北に並んでいるのは、小国時代男児の双児が生まれ、共に継承権を求めたため平等に分割されたのだと云われる。そしてツルミットとラサールの両地を足しても及ばぬ広大なアンテーヌがあり、ロンザニアへと至って、十二の選帝侯領は一巡りし終える。

サイロン市と七つの丘と皇帝家の領地は、十二の選帝侯領に守られるようにある。また、地理上の厳密な中心地はサイロンの都ではなく、初代皇帝と十二の小国の王とが統一のために話し合ったササイドン城となるのも感懐深い。

とにかくに——南ケイロニアの野に咲く花の種は、北のさいはてから長駆してきた馬の異形の乗り手にくっついて、一モータッドほど旅する栄誉に浴したのだ。

彼女のドレスの羽根がからまっているのは、ケイロニアの豹頭王が羽織っている毛皮だったのだから。

グインはワルド城からの帰途《かえりみち》にあった。

パロ、クリスタルから難民のごとくケイロニアに落ちのびてきたマリウス、リギア、ヴァレリウスを訪れて、パロがゴーラ王イシュトヴァーンによって蹂躙され、その背後にキタイの竜王の影がうごめいていることもヴァレリウスから確かめた。

〈竜化の禍〉というおそるべき黒魔道によってクリスタル市民が惨殺され、魔道師の塔ごとギルドも殲滅され、聖女王リンダがイシュトヴァーンに囚われた。クリスタルは窮地にある。

過ぎし魚の年、パロ内乱の終結時、ケイロニアはパロと平和条約をむすんでいる。互いの国土を侵さないという約束であり、もしどちらかが他国の侵略を受けた場合すみやかに軍隊をさしむけ追い払うことを確約するものだ。

だがケイロニアはオクタヴィア皇帝の戴冠が済んで間もない。政権は盤石《ばんじゃく》と云いがたい。またイシュトヴァーンのパロ侵略と前後して、ケイロニアにも不穏な事件が起きている。駐留大使のワルスタット侯ディモスはグインを欺きパロの実情を伝えなかった。《敵》に調略されたと思われる。暗い力が裏で手を結んでいた場合、グインが兵を率いてパロに入れば、竜王ヤンダル・ゾッグあるいはグラチウスがケイロニア本国を侵略することも予測できる。ヤーンの娘、災厄の女神ティアにかけて、ケイロニア王はいまケイロニア軍を動かすべきではない。

ケイロニアが介入してまで取り戻したパロの平和は儚《はかな》いほどに短かった……。

ここでグインはヴァレリウスにひとつの策を示した。グイン以外の誰にも思いつかぬとっぴょうしもない奇策を――。

聖女王リンダが囚われてしまった今、残された聖王家の《青い血》をひく者を、唯一正統なるパロ王として擁立する。イシュトヴァーンとその背後にひそむ魔の者に対抗させるため、幽閉されたレムスを復権させるのだ。

グインの提案を受けたヴァレリウスは複雑な表情であった。

（無理もない。アルド・ナリス公の身体を損ないひいては死期をはやめたとして、ヴァレリウスはレムスに強いわだかまりをもっている。俺の策を容れるためヴァレリウスはおのれの感情と折り合いをつけねばならぬ。おのれが敬愛を捧げた者の幻影の偶像と、国の明日を秤《はかり》にかけ選択するのだ。国と民のため個人の思いを犠牲にする……）

魔道師宰相の心中をグインは思いやれた。彼もまた選択していたからだ。

（俺とてリンダを案じている）

イシュトヴァーンがリンダを虜にした。純粋な恋愛感情からそうしたとは思われない。求愛を退けられ怒りにまかせクリスタルを占領するような男ではけっしてない、イシュトヴァーンは。あの男が真に愛し友とするのは野望の紅い炎だ。本人がリンダを好ましい結婚してほしいと口にしたとしても、それも野心が彼に云わせているのだ。聖女王と結婚できればゴーラにとってこれほど都合のよいパロ併呑《へいどん》の口実はない。しかも背後にはキタイの黒魔道師。ノスフェラス以来の、いや彼がルードの森に生まれた直後から真の友人であったリンダが、パロともども未曾有の苦境に投げ込まれているのだ。パロの小女王、ノスフェラスの試練にも屈しなかった勇敢なリンダが！

（イシュトヴァーンの心がこれ以上邪悪に染まらぬことを今は祈るしかない）

グインのうちにも葛藤と憔悴《しょうすい》はある。その上でのレムス擁立案であった。

レムスが聖王となり、失政と云うも愚かキタイの傀儡《かいらい》となり果て、玉座を逐《お》われるに至る経緯には不幸な心の歪みがあったとグインは推測している。

かつて――グインは双児たちとルードの森から黒伯爵の砦へ、おそるべき暗黒のケス河を下った。その冒険の間、弟はその姉に比べ明らかに臆病だったし、すぐに弱音を吐いたものだ。そのつどリンダは「意気地なし」と叱ったし、その通りだとイシュトヴァーンもからかったが、グインは二人とは違う評価をした。モンゴールのアムネリス隊によって囚われの身となったときだ。ノスフェラス遠征の失敗により多くのモンゴール兵と共に魔道師カル＝モルが絶命する以前のことである。黒魔道師たちによって運命を狂わされる以前から、かれのうちにあった稀有の資質に気付いていた。

（死にたくない、とレムスは云ったのだ。それは《青い血》をノスフェラスで絶やしてはならぬ、という意識に根ざしてもいるのだろう。いつも姉の後ろにかばわれ、ひな鳥とからかわれていても、あの少年には確かな王の資質が眠っている。幽閉され、屈辱の日々にあっても、廃人にはなっておらぬはずだ。かれの核は何ものも毀《こぼ》てぬダイヤモンドだ。ヴァレリウスの目が曇ってさえいなければ見抜けるはずだ）

グインはパロの抱える難題を魔道師宰相の器量に賭けて、ベルデランド侯ユリアスから贈られた馬に飛び乗ってワルド城を後にした。

ワルド城からのなだらかな道を、グインを乗せても一日百モータッドを駈けるとベルデランド侯が請け合った巨馬は走りぬける。南ケイロニアでは真冬でもあまり雪が降らない。北の方では何ヶ月も雪と氷に閉じ込められるため、冬ごもりの仕度に追われるというのに、林檎《シルア》の樹はまだ緑の葉を残している。陽射しを浴び馬をあおっていると、発達した筋肉から熱が発され、毛皮を暑苦しく感じるほどだ。

グインは馬を止め、凝った装飾をほどこされた熊の毛皮を腰にずらそうとして、獅子をかたどった留め具の横に「彼女が居ること」に気付いた。

トパーズ色の目をやわらかくほそめて、

（サイロンまで連れ帰っては芽吹かぬだろうな）

無骨な指先が、彼女をそっと毛皮からつまみあげる。グインは馬を降りて、レンガに覆われていない柔らかな黒土の上に花の種を置いた。

（おまえが何という花かは知らぬが）

グインはつぶやいた。

（ぶじに根付き花を咲かせられるよう、ケイロニアの平和を俺は守らねばならぬ。かよわい訴える声さえもたぬ者もこの地には住まっておるのだ。声なき者の声を聞き届ける俺は調整者として――）

つぶやいたとき異様な感覚がグインを見舞った。首の後ろの毛がにわかに逆立ちぞくぞくしてくる。

（何だ……？　まさか、記憶がよみがえろうとしているのか？）

　ふいに彼の脳裡に浮かんだものがあった。壮麗な塔だった。パロ、クリスタル・パレス、そのおびただしい塔の中で最も高く超然とした偉容であった。「ヤヌスの塔」の、水晶を張り込まれた外壁が一瞬すきとおり、その塔の地下までも――地下深くに埋めこまれている巨大な奇怪に入り組んだ内部構造をさえうつしだされた。それは魔道王国パロ三千年の秘密、中原最大の謎と呼ばれる魔道と科学の粋であり、複雑な機構を流れるすきとおった銀色の血管《ちくだ》は脈打っていた。――生きていた。

（これは何の啓示か？　遠くない未来、俺はヤヌスの塔に入り、あの機械の前に立つということか？）

　古代機械は停止しているとヴァレリウスとヨナ博士から聞いている。パロ遠征時に記憶を失い再びクリスタルへと戻ってきたグインから、恣意的にパロ遠征からの記憶を消し去ったあと、機械は再び死んだと判断するしかない状態にもどったのだ、と。

（聖王の戴冠にはヤヌスの塔が重要な役目を果たすはず、あるいは古代機械も……）

　ここでグインはライダゴンの雷に打たれたように思い至った。諸事情をかんがみてのレムス復権ではあったが、古代機械にまつわる何ものかの意図もはたらいていたのではないか？　そして、おのれと聖王家を繋ぐあやしい運命にかすかな眩暈をおぼえた。

＊　＊　＊

街道の左右には林檎の畑がえんえんと続く。もう数モータッド行けば赤い街道は分岐し、大きな宿場町が見えるだろう。豹頭にはケイロニアの正確な地図が入っている。宿場が近いとなると人馬の往来が増える。公的にはケイロニア王はオクタヴィア皇帝の隣にあり政権を支えていることになっている。いたずらに民心を騒がせたくはない。グインは裏街道に馬を進めた。道幅はぐっと狭くなり、枯れ草が道に覆いかぶさっていて、見るからにうらぶれている。

長い穂が倒れて小山になっているところに、もやもやした濃い灰色の影が湧きだした。魔道の気配であったが、豹頭王は慌てるようすもなく手綱を締めた。

「お前か、ドルニウス」

『……おそれいりまする、陛下』

その心話にも《気》にも覇気はなく、小柄な体を丸め深くフードを下ろした姿はまるでしおたれた黒い犬だ。馬上のグインは〈落魄の魔道師〉に云った。

「ワルド城のヴァレリウスに会いに行ったな」

『ご推察の通りにございます』

ますます縮こまるドルニウスは、水に落ちた黒猫《ミャオ》のよう。

「黒曜宮の警護を頼んでおいたはずだが、なぜ付いて来た」

「ご命令に背きまして、平にお許し下さいませ」

しおしおと声も小さくかすれる。もはや溺れて死にかけた鼠《トルク》だ。

グインはそれ以上仔細を追及せず、

「パロの魔道士にクリスタルの現状《いま》を知らぬままにいろ、というのも無理な話だな」

その声音はやさしくさえあった。そのやさしさが魔道士にありえぬ心のはたらきをもたらしたものか――

「グイン陛下っ……」

絶句し顔が地面につくほどうなだれた黒衣の姿は泣いているようにも見えた。

「ヴァレリウス宰相からきつく叱責を受けました」

ドルニウスの声は乾ききっていた。

「使命を放り出しワルド城に駈けつけてクリスタルと魔道師ギルドの壊滅を知って逆上し……それだけではなくヴァレリウス宰相に醜態をさらしました」

ドルニウスはフードの奥から豹頭の表情をうかがうように見た。訴えるような光をトパーズの目は解した。

「よい。話せ」

怖れかしこまりながらも、ドルニウスはワルド城にてヴァレリウスからクリスタル壊滅とリンダ女王がキタイ勢の虜となった事実を告げられたことを語った。魔道師ギルドという拠り所がもはや存在しないそのことに打ちのめされ、さらに――

「ヴァレリウス宰相は若い娘を弟子にとり、クリスタル奪回の戦士に育てるつもりです。しかし……もはや存在しないといえ魔道師ギルドは女人禁制。私はギルドに入るとき純潔の誓いを立てました。女人《にょにん》の肌にふれたり、性のたのしみを知ると魔道の力が弱まるからです。『ガルーニの呪い』という逸話で、女にたぶらかされたガルーニは魔道の力を失い自滅しています。私はヴァレリウス宰相が心配でならず、どうにもアッシャとかいう小娘によい心持ちがせぬもので、宰相に非難がましいことを云ってしまいました。宰相は怒って、私をギルドの権威にしがみつくことしか出来ぬ小者、さらに感情の制御ができない不適格者と見なし……パロ奪回の要員に数えてもらえませんでした」

グインはドルニウスの聴き手に徹してやった。

裏街道の両脇には枯れ草が揺れるばかり。黒馬の鼻息がことさら大きく響いた。

ギルドの原理をヴァレリウスに否定されたことが、ドルニウスには異国に放置されたことよりこたえたらしい。ヴァレリウスから受けたしうちを訴えると、はっと気付いたように前後左右をうかがってから、遅まきにおのれの声と姿をグイン以外にけどられぬ結界の術をほどこして、また一段と青ざめ落ち込んだようすで云った。

「……陛下、やはり私は魔道士として、諜者としても不適格な……感情に乱されやすい愚か者なのでしょうか？　ヴァレリウス宰相に云われた通り犬に食われたほうがよい未熟な魔道師なのでしょうか？」

消え入る寸前まで影のうすい魔道師をグインはじっと見つめ、

「感情は悪ではないと思うがな。ドルニウスお前の中に生きてあるものだ。むげに否定することもない」

「グイン陛下――」

ドルニウスはおもてを上げ豹頭を仰ぎみた。

「ヴァレリウスについては――ヴァレリウスなりに事情があったのだ。クリスタルの異変はおそろしく急速に進んだと聞いている、国外に放っていた部下たちに連絡をつける暇《いとま》などなく。救援を待っていたら殺られてしまう切迫した情況だ。戦力になる者が必要だった。市井の少女を魔道師に仕立てるとは尋常のことではない。師匠のヴァレリウスもその少女も悩み苦しんだ結論なのだろう。今のお前の心の痛みと、どちらが重いのかヤヌスにしか計れまい。そしてここで重要なことは、お前たちパロの生き残りに苦痛をもたらした《本体》を見誤ってはならぬことだ。キタイの竜王とその眷属こそが真の敵――悪であるのだと思い出せ」

グインの言葉を聞き、トパーズ色の、けっして正道を逸れることのないまなざしを受けとめて、ドルニウスは顔を赤くした。おのれを恥じる気持ちもあったろうが、グインから発される精神の力に《気》が高められ浄化され、白魔道師としての矜持《きょうじ》と、ゆがみない忠誠心とを取り戻していた。

「陛下、……グイン陛下のおっしゃる通りです。敵はパロを侵略した者、キタイの竜王。私は心得違いをしておりました。ヴァレリウス宰相からパロとグイン陛下の架け橋となれという命を誤って受け取っていました。なんともお恥ずかしい……」

グインは静かにドルニウスの話を聞きとった。

「落胆することはない。ヴァレリウスは一見つきはなしたようだが、お前がギルドと魔導師宰相から離れても十分やっていける、事実こうして生き残ったことこそ評価していると俺は思うぞ。お前にはお前にしかなせぬことがある。現に即位式では黒曜宮を〈魔の尖兵〉から守りきったのではないか？」

「あれは――」

あの勝利はおれの実力ではない、豹頭王の血を分けた者の助勢があってはじめて、強大な敵を粉砕できたのだ、とドルニウスは思ったが心話にも出さなかった。豹頭王の命を受け、オクタヴィアの即位式の裏で魔の勢力をしりぞけた。参列者の誰ひとり知らぬことだが魔道師には誇らしく、ひそやかな快感をおのれの裡におさめていた。

「ギルドが無くなっても、その教えはお前のうちにある。これは重いことだぞ、ドルニウス。お前はおのれの命をおろそかにできなくなったのだ」

「承知つかまつりました」魔道師はいったん姿勢を正して、「もったいなくもケイロニアの豹頭王陛下に繰り言をお聞かせしてしまいました。云いわけするようですが、私はヴァレリウス宰相と娘の仲を疑ったのではありませぬ。三千年の歴史をもつ魔道師ギルドが女に魔道を禁じたのには明白な理由があります。女人は肉体のさまざまな状態に精神を左右され、魔道学に必要な精神の集中を損なうからです。これは危険なことです。ヴァレリウス宰相に禍が及びはしないか……魔道の反作用をこうむりはしないかと不安をおぼえたのです」

ヴァレリウスの弟子が引き起こした厄介事はすでにグインも知るところだった。

「犬に食われてしまえと云われてもヴァレリウスを案じるか？」

「――はい」

ドルニウスはフードを深く傾ける。

「今さら禁忌破りに臆するヴァレリウスではなかろう――と云うとお前には妙に聞こえるかもしれぬが、あやつは艱難《かんなん》と辛苦をくぐり抜け今に至る。今回もくぐり抜けるしかないのだ。俺はパロの魔道師宰相を信頼している。信頼するからこそ、本来俺が先頭に立ちケイロニア軍をクリスタル奪還に向け動かすところを、ヴァレリウスが宰領するにまかせてきた。リンダがイシュトヴァーンの手に囚われている。リンダは昔からの大事な友人だ。救い出したい思いは俺も強い。ケイロニアが落ち着きしだい、援軍を出す心づもりでいる」

「おお！　グイン陛下」

ドルニウスは叩頭したまま路面に顔をこすりつける。わずかな涙滴は古びたレンガに吸われすぐに消えたが。

「俺とヴァレリウスとの付き合いは長いのだ。だからこそ解る。時を経るごとにあやつの担うものは重くその身と心に枷《かせ》をはめる。それがヤーンの心なら、織りなされるもようを見届けるのも大事なつとめだ。お前はその役目にあるのかもしれぬ。

お前の心話により俺は広いケイロニアの情報をいち早く知ることが出来るようになった。パロが窮地にある折、ケイロニアに魔道師を派遣してくれたヴァレリウスに感謝している。魔道師の育成には手がかかろう、教え好きなヴァレリウスでも今はその娘で手一杯というのが実情だろう。だが、そればかりと思えぬ――」

グインの言葉の響きが微妙に変化した。ドルニウスは顔を上げ、うすく土のついた瞼をぱちぱちさせたが豹頭の変化はとらえられずにいる。もとより豹頭王は結界など張らずとも心中を魔道をあやつる者に盗みとられることはない。結界は魔道をもっぱらとする者どうしにこそ必要なものであり、心話にはそれぞれ固有の暗号がある。諜者としてドルニウスがケイロニアに赴いている間に、ヴァレリウスは敵の黒魔道師に察知されぬよう、心話のコードと結界の型を変えていた。ふたりの上級魔道師のすれ違いは、魔道師というなりわいゆえの猜疑心が生んだ皮肉でもある。

　グインはトパーズ色の目をほそめてドルニウスを観察していた。

（ヴァレリウスの挙動には妙なふしがあったが、ドルニウスは気付いておらぬか？）

　ワルド城にてヴァレリウスと話したときグインは違和感をおぼえていた。ヴァレリウスとは、アモンとの決戦によって記憶に障害を負ったグインが、ふたたびクリスタルにたどりつき古代機械に吸い込まれ吐き出されたあのとき以来だが、その時のヴァレリウスと今のヴァレリウスでは何かが決定的にちがっている。

（ヴァレリウスは何かを隠している。それもかなりゆゆしい……）

　グインに相談することさえ憚られる、それほど深い懊悩を抱えている。

（ドルニウスが少女弟子に抱いたのは嫉妬、新たな才能の持ち主を妬いたのだ。おのれの立場にとって代わられる焦りもあったろう。だがヴァレリウスが抱いているものはそのような明白な感情ではなさそうだ。絡みもつれていて、後ろぐらい思いのように感じられた）

　この謎をグインはそれ以上つきつめることが出来なかった。豹の本能でいぶかしみながらも、闇にひそむものが竜か鼠《トルク》か？　判断しかねていた。

　古代機械の修復によって失われ、未だよみがえらぬ記憶がある。不条理な方法によって、地上最強の戦士の精神に穿たれたいくつかの虚孔。そのひとつ、いやひとりの人物

――寝すがたの人形と化してなおグインとの会見を望んだと聞くリンダの良人《おっと》。かれのあやしい闇の瞳そのままに、暗黒の孔がグインの記憶と思考にうがたれたままであったのだ。

2

グインはドルニウスに黒曜宮のハゾスへ密書を託した。密書の内容はリンダ女王の救助は当面見合わせること、そしてマリウスが無事でいることである。

（マリウスが今日明日黒曜宮に向かわぬことで、オクタヴィア陛下は残念がるかもしれぬが）

これぱかりはアル・ディーン王子——吟遊詩人マリウスの心の風向き次第だ。リギアの看病と、ヴァレリウスと少女魔道師の訓練に付き合うことを望んだのはマリウス本人なのである。

（どんな時も宮殿の鳥籠に閉じ込められることを嫌う）

グインを苦笑させる義理の兄。マリウスはワルド城から臨む南ケイロニアの風と光に霊感をかきたてられたと、キタラをつま弾き新曲作りに余念がなかった。

誰もが、豹頭王グインさえもがなにがしかに縛られているこの世界で、彼だけは気ままに生きて、おのれの心のまま歌う。自由に人々に歌いきかせることがマリウスの人生なのだった。

（マリウスにしかできぬ生き方だ。ハゾスは無論のことオクタヴィア陛下にも理解されはしないが。その彼の歌声が必要な者はいる。鳥籠の外にこそ多くいるのだ。ガルムさえも眠らせる美しい歌声を必要とする者が、居るものだ）

グインが出立する際もマリウスは歌っていた。ワルド城を守っている無骨な男がマリウスの「つれなきイリス」に聞き惚れて、そっと目頭を押さえていたのをグインは見ている。

ドルニウスの姿が《閉じた空間》に消え去ると、グインは手綱を持ち直した。ルアーは中天を目指している。南ケイロニアの街道は麗らかな光に満たされていた。

グインは馬首をめぐらした。

サイロンなら北だが、グインが目指したのは西であった。

（影武者にもうしばらくがんばってもらおう）

オクタヴィアの戴冠の儀で、ケイロニア王の代役にされたのは白象騎士団の新米騎士である。護王将軍トール、竜の歯部隊のガウス将軍、それに仮面の薬師ニーリウスの補佐があってどうにか、大広間に詰めかけた人々を前に豹頭王を演じ切った。大元帥の黒鉄の鎧の下につけた肉じゅばん、グインの筋肉を偽装した肉じゅばんをしとど冷や汗で濡らして……。豹頭王が今サイロンでない別のどこかに向かっていると知ったなら彼はまちがいなく膝から崩れ落ちたことだろう。

すでにグインは隠密騎士から「シルヴィア殿下がサイロンで失踪を遂げた数日後、不審な黒塗りの馬車がダナエ領を通過した」との報告を得ている。そのダナエはワルスタットの西隣。ケルートにシリウス王子拉致をそそのかした者はダナエにいる、とグインの直感は告げている。ダナエ侯家がシリウス奪取に動くよう焚き付けた者と、シルヴィアを暗い運命の淵に落としこもうとする黒幕もまた手をむすんでいるのではないか？ケイロニアを内部からつき崩そうという陰謀を潰滅させる機を逃すわけにはいかなかった。

ベルデランド馬は街道に土埃を舞い上げていた。

＊　＊　＊

刈り入れが終わり金茶のぼうず頭をさらした麦畑をルアーが照らしている。ダナエはケイロニアの穀倉地帯のひとつである。気候は比較的温暖で、広い沃野《よくや》を有する。

グインは道の途中にあるものに目を留めた。庭先で農婦が取り込んでいるそれは今の彼が必要とするものだった。馬の手綱を引いて、女に声をかけた。ふくよかな女はそれこそ目の玉が飛び出すほど驚いたが、グインのおだやかな男性的な声の響きと、わざわざ馬を降りてきた物腰とに悪い者ではないと判断できたか腰はひけていなかった。

「驚かせてすまんな。俺はケイロニアの豹頭王――の影武者のひとりで、妃殿下を探す旅の途上にある。われらの活動は十二選帝侯も承知している、安心してよい」

グインは証しにとケイロニアの獅子の紋章をかざして見せた。

「豹頭王さまの影武者!? ずいぶんよくできた豹の頭だねえ。本物にしか見えない」

農婦は声を高くしたが、ふだんの生活でまず目にできない人物に出会った感激で目を輝かせている。グインに請われるままにフード付きマントを差し出しながら、

「ひとつ聞いていいですか、いったい豹頭王さまには何人の影武者がいるんです？」

「俺を入れて七人いる。任務に障るから他に吹聴しないでもらいたい」

「もちろんです！　お役目のじゃまはしませんよ。貝のように堅く口を閉めときます」

無論マントの代価に渡した半ラン銀貨と上物の毛皮の利益《りやく》も絶大である。

「ここからダナエの城下までどれくらいかな？」

「近道を行けばいいですよ――この先の分かれ道の左のほう、少し狭いけど丘を越えずに行けるから日暮れ前には着きますよ」

「そうか、ありがとう」

「ほんとうにいいお声、それにいい身体！　こんなに立派な方が影武者なら、本当の豹頭王さまはどれだけいい男なんでしょ？」

農婦はため息まじりに云う。

「それほどいい男かな？　頭は豹だがひとりの男に過ぎぬさ」

グインはそう云って白い牙を見せた。


農婦に教えられた道を選んだグインは、ルアーが沈むより早く、ダナエの中心――ダナエ選帝侯の城にほど近い街に至った。この近くを黒い箱馬車が通過したと情報にある。無性にグインの直感にひっかかってくるものがある。はっきりした確証はあがっていないが、おのれの直感にグインは従うことにした。いずれにせよ、いまだシルヴィアに関しては藁《わら》しべほどの手がかりも無いのである。何ひとつわからぬからこそ、売国妃騒ぎから続いて起きた失踪劇はケイロニア王の不安をかきたてる。

（シリウスの誘拐に失敗した今、グラチウスあるいはその眷属が、手中にしたシルヴィアをおそるべき企ての駒に仕立て上げぬともかぎらない）

ボッカの女王の駒は、騎士や魔道師の駒、ときに王の駒さえしのぐ強い力をもつ。すでにケイロニアにはオクタヴィアという正統な皇帝がいるが、邪悪な歪んだ魂ならば、平凡な魂の持ち主にどんな奇怪で醜悪な衣裳を着せるかしれないのだ。

（売国妃という名には得体の知れない呪わしい響きがある。その呪いの籠にあの女人は囚われているのだ）

それがグインの気がかりであった。

古い石畳はそれなり由緒を感じさせるが、誰かの吐き捨てたヴァシャの皮やカバブーの串がおびただしく散乱している。

（ダナエの者は街の美化を気にかけぬようだな）

選帝侯のおひざもとだし景観には心をくだきそうなものだが……。

汚れた石畳の通りにふさわしく、いかがわしい遊興店が軒をつらねている。ひと目で連れ込みとわかる入り口に竹すだれを垂らした宿が堂々とあったり、食堂や酒場の看板を掲げる店の奥から女の嬌声が漏れ聞こえ、店の扉の陰に人相のよくない男がたむろしている。

（主要な街の入り口に、旅人が落ち着いて眠れる宿屋を置くべし、と布令を出し直さねばならぬか）

フードの奥に豹頭をうなだれる。グインははじめて訪れた街の景観に考えこんでしまった。馬上の人から険しく厳しい空気を嗅ぎ取って、小鬼にたとえられる客引きたちが声もかけずに通行を見送った。

硬質な蹄音を響かせて馬は街中へ歩みいった。

そこでグインの目を奪ったのは、中央の広場の人だかりだった。人々は「やっちまえ」「ぶちかませ」と叫んで拳を振り上げている。喧噪と熱気によってその一角だけ空気の色がちがっている。路上で私闘が行なわれているのだ。

グインはことさらゆっくり馬を歩ませたが、小山のような馬の鼻息と、乗り手の偉丈夫に気圧されたものか、さあっと波が退くように人だかりが左右に分かれた。

(ほう、これはまた……)

豹の虹彩が丸くなる。

傭兵らしい身ごしらえの男たち十人に対するのはわずか三人。

三人とも平服で、中心の男は中肉中背のひきしまった闘士体型だったが、他のふたりは手足のやけに細長く痩せた男とすらりとした金髪の優男だった。ちょっと見ると三人に勝ち目は無さそうだが、彼らを一瞥したトパーズ色の目は楽しげな光を浮かべた。

豹頭王の密命を受けて「シルヴィア探索」に赴いていた騎士たちだ。

双方とも抜剣はしていない。傭兵たちの中には棒切れを手にした者がいるが、三人は素手だ。素手でもすでに五人の傭兵が石畳に這いつくばっている。元は十五人対三人だったのだ。

野次馬の中にグインの姿を見つけたらしい、隊長のカリスが驚きの表情を浮かべる。

その隙をとらえた男が棍棒を振り下ろす。と優男——に見えるアウロラが長い足を旋回させてその手首を蹴り上げ、苦痛に呻くところを長い腕を利してルナスが締め技をかける。

(なかなか連繋がとれておる)

短い間に三人にむすばれた結束の力。豹頭王は満足げにしばし観戦する。

カリスは痛烈なパンチを放ち、アウロラがつかみかかってきた男を宙高く投げ飛ばし、その間にルナスに締め落とされた男は白目を剝いて舌を出している。

さらに傭兵三人が戦闘不能におちいり、その敗色はロンザニアのぶどう酒より濃厚だ。

(ここまでで、よかろう)

グインは闘争を分けるように馬を割り込ませた。

この新たな大人《たいじん》の登場に、傭兵たちは一様にすくみ上がったが、ルナスとアウロラも驚きを隠せずにいる。

(アウロラ殿の云ったとおりだ……)

ルナスのつぶやきがどういう意味かグィンには計りかねたが。

アウロラの青い目は驚きから醒めると、伎倆《うでまえ》を披露した拳闘士のような誇らしげな表情をうかべる。

グインはフードを上げぬまま、傭兵たちに向かって云いわたした。

「勝負はついていると思うぞ？　ことのなりゆきは知らぬが、双方とも重傷者が出る前に手打ちにしたほうが賢いのではないかな」

太い声があたりを払うように響いた。フードで顔かたちも解らない相手だが、手綱をとる腕の太さとすばらしい筋肉は誰とも比べられるものではない。馬も見たことも無いほど巨大であり、荒々しい鼻息は猛獣のようである。傭兵たちは気圧されたように後ずさり、群衆も興奮からさめ、謎の大人《たいじん》を仰ぎ見ている。

傭兵たちは何やらひそひそ囁き交わしていたが、全滅するよりなんぼかましということで、相談はまとまったらしい。ひげ面の大男が一歩前に出、「ちっ、しかたねえ。このへんで勘弁してやるよ。これに懲りて以後街中で無礼なことをするんじゃねえぞ」

（負け惜しみを云ってんじゃねえよ）（どっちが無礼なんだか）集った者のいきどおりの声で、非がどちらにあるか炎の精の紅衣より鮮やかだ。

傭兵たちは倒れた仲間を引き起こし肩を貸して退散した。敗者の背に向けられる民衆の視線は冷えきっている。中には口にだして「胸がすっとしたぜ」と云う者もいた。よそ者である三人のほうが「よくやってくれた」と賞讃の眼差しを集めていたのだ。

それより半ザンほど後となる。

グインたち四人は、この街には不似合いなくらい真っ当な食堂に腰を落ち着けていた。

「またどんな奇怪な事件が、陛下をベルデランドからダナエまでお呼びたてすることになったんです？」

訊ねる隊長のカリスの顔つきはきびしかった。

　グインは手短かにベルデランドでの救出劇を語り、騎士たちに安堵の息を吐かせた。

「ルヴィナさんのお子さんは無事だったのですね！」

　アウロラも厳しかった頬の線を喜びにくずしている。

「御子が生きていたことは間違いなくあの女《ひと》の光となる、俺は信じておる」

　グインの言葉は力強かった。

　一方、あやしい黒馬車がダナエ領内に入ったという情報をもとに、シルヴィア探索を続けていたカリスたち三人は、残念な報告をしなければならなかった。カリスの声音も顔色も暗く沈んでいる。

「何の手がかりも得られず、申しわけございません」

　騎士たちの不首尾を責めるどころか、グインは辛苦をねぎらった。

「気を落とすな。もとよりこの度の任務はきわめて困難だった。そもそも馬車にシルヴィアが乗っていたという確証もない」

「せめてどこに向かっていたか、それくらいは摑めると思ったのですが」

　カリスは悔しげだが、このときトパーズ色の目はいずこへか注がれ遠かった。

　豹頭を隠したケイロニア王と騎士たちが囲むテーブルに、エプロンを締めた女が料理と酒を運んできた。テーブルはついたてで仕切られており、店の特等席らしかった。

　香ばしく焼かれたカバブーやガティと香草を詰めてあぶった鶏、アヒルの卵をガティでくるんで揚げたの、山羊のチーズの盛り合わせ。蒸《ふ》かしてつぶしたジャガイモに岩塩をふっただけという素朴なサラダ、これが麦の酒《ビール》によく合った。ビールは取っ手付きの大きな杯に注がれて、きめ細かな白い泡を立てている。

さっきの野次馬の中のひとりが、私闘のあとグインたちに声をかけて来たのだ。

「あのごみカスどもをやっちまってくれてせいせいしやしたぜ。わたしゃ〈真っ当亭〉って食堂をやってるんです。味のほうは町一番、ぜひ寄って下さいまし」

この〈真っ当亭〉の料理とビールはダナエの悪い印象をかなりのところ救った。

グインは一息に大杯を空けると、アウロラに問うた。

「さきにルナスが云っておったが、アウロラ殿は俺が現われると知っていたのか？　予言を聞いていたのか？」

アウロラは、鎖を通して胸にかけている指輪を見せた。

「母の形見のこの指輪には特別な力があります。船の羅針盤のように私をみちびく――正しい道へ進む助けをしてくれるのです」

「ほう、魔道の指輪か？」

「魔道なのでしょうか？　わたしに魔道の素養はありませぬゆえ、仕組みはまったくわかりませんが。とにかく指輪は私が求めるもの、求める人物に近付くと熱を発して教えてくれるのです。さいぜん指輪が熱を発し、この感じはグイン陛下にちがいないと、往来に出て見回していたところ……」

　ここでアウロラは美貌をくもらせた。

「……あの傭兵たちに絡まれてしまったのです」

「アウロラ殿に非はありませんよ。旅人に因縁をつけては金銭をむしりとる、たちのよくない輩はどの街にもいます。ここは度が過ぎていますが。とりあわず行こうとしたら傭兵だまりから仲間を集めてきて、ああなったんです」

　ルナスが援護するように云った。

「そうであったか」

　表立たぬよう動かねばならぬ騎士が、公衆の前で私闘することになった理由をグインは知った。

「申し訳ありません。指輪がルヴィナさんの元にみちびいてくれる、そう思って志願したのに役立つどころか厄介ごとを引き寄せてしまいました」

「アウロラ殿、厄介ごとを引き寄せるのは人ではないティアの女神だ」

　グインはつぶやき、ひげについた泡を指でぬぐった。

　アウロラはしばらく考え込むようすだったが、思い切ったように云った。

「この指輪をつけていて解ったことがあります。みちびくのは光だけでない——悪しきものが側に来てもいち早く知ることができると」

「悪いものとは？」

グインは目をきらりとさせた。

「ルヴィナさんをさらった黒魔道師、あやつの邪気を感じとって、指輪は氷のようになりました。おそろしく過敏でした。くだんの馬車が黒魔道に仕立てられたのなら、たとえ車輪の跡でも教えられるはず――と信じ探索隊に志願したのです。今になっては情けない云いわけですが」

「黒魔道の気を見破る指輪とはな」

グインは鎖を通して胸にかけられた、ちいさな、子どもが嵌めるような指輪をあらためて見直した。

「アウロラ殿は沿海州の出身とうかがっている。沿海州はケイロニア同様、魔道師をうさんくさがり、魔道に頼らぬ国柄と聞いておるが、例外もあるということだな」

この言葉にアウロラは貫かれたようにびくりとした。青年めいて見える顔《かんばせ》をうっすら赤く染めているとぞんがい娘らしかった。

「私の父はケイロニア人です。わたしの身体にながれる血の半分がケイロニアのもの」

「そうであったか」

突然の告白だがグインにはうなずけるものがあった。彼女が見せる実直なたくましさは彼が愛してやまぬケイロニア人の美質そのものだ。

「本当の父の名も身分もわたしは知らされず育ちました」

数奇な出生をもつアウロラだがその表情はふっきれていた。青く澄んだ目と整った顔に翳りは見出せない。

「だからかもしれません。あの女《ひと》の子どものことが気になるのは。それにもうひとつ、タリッドの地下酒場でルヴィナさんが危険をかえりみず、素性を……身分を明らかにしたのは酔漢から私を救おうとしたからです。あの女《かた》の中には自分を犠牲にしてもいとわない、尊い精神があるのです。闇の聖母などとんでもないことです！」

グインは目をみひらいた。

「そうなのか、あの女《ひと》が、貴女を救おうとした……よく教えてくれた、アウロラ殿」

まったく想像していなかったシルヴィアの一面、大きな変化に、グインは感嘆と感動をさえおぼえていた。

「それで、あの……ひとつ陛下にお願いですが、アウロラと呼んで下さいますか？　いつまでも探索隊の客分扱いのようで居心地がよくありません」

「そうだな、アウロラ」

とグインが呼んだその時だった。

表からたくさんの蹄の響きが聞こえてきた。そして、やはり大勢の甲冑の群が立てるものものしい音と気配がする。一軍に身を置いた者なら用意に予測がつく。〈真っ当亭〉を武装した者たちが取りこめたのである。

グインの髭がはね上がった。騎士二人とアウロラも事態を察し、ゆだんのない身構えでいる。ビールの酔いなど飛んでいた。

「お、お客さん、たいへんだ！」

ついたてを突き倒す勢いで店主がやって来た。

「ダナエの騎士団がいきなりやって来て、この店に密偵がいるだろうってんで。ガモスが――傭兵だまりの頭ですが、訴え出たというんです！　よそ者三人組と後から来たフードの男があやしいと――」

あわれなくらい取り乱している。

「客を出さないと店に踏み込み力づくで引っ立てると云いやがって……。騎士は五十人くらいいます。親爺の代からひき継いだ店なんですよぉ。どう答えりゃいいんでしょ？

騎士たちは店の前に陣取ってます」

「亭主、騒がせてすまなかったな。俺たちはヤーンに誓って密偵ではないが、サイロンからやって来た騎士というのはまことのことだ」

とグインは立ち上がってフードをはねのけた。

「ひ、豹頭――」

〈真っ当亭〉の店主は腰を抜かしそうになる。へたりこみかけた亭主を片手で支えてや

り、グインはその手に銀貨を握らせてやってから、

「旨い料理と酒だった。このようによい店を荒らさせてもならぬ。店を出てダナエの騎士団のもとへ出向こう」

「そ、それは……」

「ところでガモスという傭兵はダナエ侯と繋がりがあるのか？」

「ケルートという伯爵がおりまして、先代のダナエ侯に取り立ててもらったのをよいことに、流れの傭兵を雇ってしょっちゅう悪さをしていたんです」

（ケルートが残した符牒がここでつながった）

「ケルートについては、俺からもダナエ侯家に問いたいことがある」

そう云うとグインはゆったりとついたてを回った。

すでに店内に入りこんでいたダナエの騎士たちは、剣を抜き盾を構えていたが、グインの豹頭と偉丈夫を目にすると腰を抜かしかけ、へっぴり腰になって「ケ、ケイロニア王っ？　まさかっ、に、偽者だ。偽者が出没するとルシンダさまから聞いておる」

騎士は命令書を棒読みした。

「ダ、ダナエ母侯ルシンダさまの命である。市内を騒がすふらちな輩を召しとる。抵抗は無用である。おとなしく下るがよい…ぞ……？」

「すでにルシンダ殿に話が通っておるなら、都合もよい。俺はラ、イ、オ、ス、の、遺、し、た、日、記、な

るもの《ヽヽ》を手にしている。この日記についてルシンダ殿に伺いたいことがある。またケルート伯がベルデランド領において犯せし非道な行いの数々について詳しく訊きたい。これはケイロニア王からの正式な申し入れである。一言一句たがえることなくダナエ侯家に伝えられたい」

グインの声は、ダナエの騎士たちに、雷の神《ライダゴン》のいかずちのように轟《とどろ》いた。豹の鋭い牙とひらめく炎の舌を目のあたりにして、完全武装の騎士たちも震えあがりすっかり気を呑まれていた。

3

選帝侯の家族の華美な暮らしを描いた絵や、手のこんだタピストリに飾り立てられた室の中に、扇子を閉じたり開いたりする音が響いていた。

羽根付きの大きな扇を手にした貴婦人は、衿から裾までレースを重ねたドレスに身をつつんでいる。ダナエ母侯ルシンダの痩せた顔の色はひどく悪かった。

（すべてが騙りだ。騙りに決まっておる）

ぶつぶつ呟いている。グインからのことづけを騎士から聞かされたばかりだった。亡き一人息子ライオスの日記と共にケルートは失踪を遂げている。シリウスがダナエ侯家の血をひくという確かな証しは今彼女の手になかった。

（ケルートはあたくしに狼藉をはたらいて出奔した。あの慮外者がベルデランドでシリウスをかどわかそうとして豹頭王にはばまれた。そのようなこと信じられるものか。豹頭王がダナエに現われたことじたいあやしい。偽者に決まっている。偽りでなければ奸計だ。豹頭王の名を騙ってたばかろうとしているのだ。シリウスを――ライオスの血をひく正統なダナエの子をあたくしから奪いとるためだ！　ああ、ヤーンはなぜこのような不条理なしうちを……ダナエの正統な血筋を絶やそうとしているのか？）

悲劇の主人公になったように嘆息を漏らすが、義理の息子ケルートが彼女を「牝狐」と呼んでいたのは吊り上がった目のせいばかりではない。シリウスの件では始めから同じ穴の狐と狸であった。

かすかな物音がして、ルシンダをびくりとさせた。

「お前か……」

「ご気分がすぐれぬように見えますが？」

しわがれた声は背後からだった。花台に大きなたくさん花を活けた花瓶が置かれていて、その後ろから緑衣の小柄な婆があらわれた。

「病み上がりでいらっしゃるのだから、大切になさらないといけませんよ。あまり根をつめて物事と取り組むと心の障りとなります」

心療師のようにしたり顔をして云う。

「そろそろお薬の時間でございます」

水の入った杯と薬包が貴婦人に手渡された。

「おお、忘れていた」

ルシンダは三角に折った端を口にあてがい、さらさらと散薬をそそぐと水で飲みくだした。

「……よい薬じゃ。飲むとたちまち胸のざわめきがおさまる」

「お心がしずまったら、偽の豹頭王に会われるとようございます」

老いた女の声には心の扉を巧妙にひらく響きがある。

「そうじゃな、日記の真偽をたしかめねばならぬ」

「その通り。ダナエのお家にとって、何が真実であり偽りか、奥さまがお決めになるべきなのです」緑衣の中で皺ばんだくちびるがすっと吊り上がった。

「奥さまは先々代からの、いいえ、ダナエが大公国であった時代からの由緒正しきお血統であらせられまする」

「ルシンダさまがじきじきに会って、検分されるそうだ」

ルシンダのその決定がダナエ城の一角に留め置かれたグインたちに伝えられた。控えの間には鉄格子こそなかったが、四人は剣を没収され押し込められていた。

「自分には日記に描かれた紋章も、それにその豹頭こそ本物に見えるのですが……」

先頭の騎士は云わずもがなをつけ足し頭を垂れた。ダナエ騎士たちの間でも（偽者にちがいない）（豹頭王はサイロンにいるはず）（それにしてもケルート伯の悪事とは？）困惑と憶測が交わされていたが、人の心は正直なもので、グインの王者の風格にじかに接すると言葉と態度があらたまってしまうようだ。

それでも――

「お会いになるのは豹の男だけだ、他の者はこのままでいろ」

とたんに隠密騎士は気色ばむ。

「われらは豹頭王の騎士だ。主君をおひとりにはできぬ！」

声を荒らげたのはカリスだった。

「ならぬ、豹頭王だけだ」

「そちらも豹頭王陛下と認めているじゃないか」

すかさずルナスが揚げ足をとる。

「うるさいっ！」

面頬をひらいていた若い騎士は顔を真っ赤にしている。――純朴そうな青年である。

すばやくグインとカリスそしてアウロラは目配せを交わしあった。

「近習をひとり連れてゆく」

グインが云った。

「ならぬ！」

「豹頭王陛下のお召しに従えぬならこの場で舌を噛み自決する」

アウロラは胸に吊るした指輪を握りしめ云った。

「なっ、何を云いだすのだ……」

あわてふためく若者をアウロラの澄んだ青い目がとらえこんだ。

「捕らえた者を死なしたらそのル、シ、ン、ダさまから大目玉を食らうぞ」

ルナスが横からぬけぬけ云う。

「くっ」

騎士は苦しげに呻き、他の騎士たちと相談した結果、アウロラも一緒に連れていくことにした。

「なぜ、余計な者まで連れてきたのじゃ⁉」

ルシンダから激しい叱責を若い騎士は食らうことになった。

「小姓の頃から寵愛しておってな、かたときも離しておきたくないのだ」

グインがしれっと説明すると、アウロラが頰を染めたものだから、ルシンダは不快な顔をしながらもアウロラの同席を認めた。

「豹頭王にルブリウスの気があると聞いてはおりませぬ」

ルシンダは嫌みたらしく、それも素性確認からか突っついた。

またもグインはしれしれと、「隠していただけだ」

ダナエ母侯は軽侮の眼差しを、豹頭の偉丈夫にそそいだ。

「まず最初にはっきりさせておこう、俺はグイン。騙りでも《影》でもない。正真正銘のケイロニア王だ。貴女の前にある豹の頭、この世にひとつしかないこの頭こそが証しだ」

「魔道のまやかしでもないと云うのですね？」

「魔道なら——かけられているかもしれぬな。このような呪わしい運命のもとに生きねばならぬ男はこの世にひとり、俺だけだ」

グインの胸のうちの真摯な怒りと哀しみを、側で聞きとったアウロラは、（この世にただひとりの英雄は、その特別な姿かたちを呪いと思っているのか？　陛下は怪物などではない。男女の別なく惹きつける知性と魅力の持ち主なのに）と心を痛めた。

ルシンダはひと息ついたが、つり気味の目に強い光をみなぎらせている。

「あたくしには釈然とせぬところばかりだが……。お訊きするが、豹頭王グイン殿、あなたが亡き息子にして前ダナエ選帝侯ライオスの日記を手にしているというのは真《まこと》ですか？」

グインはふところから件の日記を取り出し卓に置いた。ルシンダの喉がごくりと鳴る。

「ルシンダ殿、俺からも訊く。この日記を携えていたダナエ伯爵ケルートとその手下《てか》の傭兵は、ローデス騎士やタルーアン族に非道な行いをはたらいた。ケルート伯はベルデランド侯が監禁しておるが、詳しい供述は得られておらぬ。悪しき所業をはたらくに至った背後に何があったのか？　誰が命じたことなのか俺は明らかにしたい」

「何を云うておるか、あたくしには解りかねます。ケルートなる人物をダナエ侯家につらなる貴族と認めたことは一度もありませぬ。良人が——先の当主が独断でしたこと」

ルシンダの目は正面の壁にかかった肖像画の、選帝侯の正装に身をかためた貴族的な顔立ちの男に注がれ、冷ややかに逸らされた。

「ケルートは先代ダナエ侯の庶子である、と聞いているが」

ルシンダは顔に青筋を立てたが黙っている。

「ルシンダ殿は先代ダナエ侯の正妻であり、侯家直系の姫君であられる。お心障りは充分承知の上でうかがっておるのだ。なぜならケルート伯は、シリウスを養い親から拉致し擁立することにより、ダナエにとどまらずケイロニア国内になにがしか地位を保証されていた節があるのだ。ケルートに有利な条件——あるいは金品を提示してあやつった者こそこの事件の真の黒幕と思われる」

グインはたたみかけた。

ルシンダの目の色が変化していた。緑がかった光が膜のように覆って、怒りや憤りといった人間的感情とは別のものが浮かんできていた。

「ケルートが何をしでかしても、あたくしには一切あずかり知らぬこと。あの者が他の選帝侯領で悪事をし捕縛され処刑されたとしても、それは自業自得。ダナエ侯家はいっさい責任を負いかねます。あの者はダナエとあたくしとのえにしも自ら断ち切っております。あろうことか、このあたくしに手をかけた……しめ殺そうとしたのですからね」

ルシンダはレース付きの衿の留め具を外して、首に捺された紫色の指の痕をその場のみなの目にさらした。

「ケルートは逃げ去るとき侍女に見られ、捕まれば死罪と自暴自棄になったのでしょう」

目にも鮮やかな証拠と告発が、壁に控える騎士たちの間に動揺と波紋を広げた。

（ケルートとは、なんという悪人なのだ！）

（義理の母君に手を出すとは、人の風上にも置けぬやつ）

グインは構えて揺らがなかったが、ケルートが「牝狐」と呼んだ貴婦人は微笑んで、

「ケルートはこれまで執念深く、ダナエ侯家を手に入れようとたくらんでいました。シリウスをかどわかそうとしたのは、ただひとりの侯家の跡取りを亡き者にするため。ケルートの卑しい欲望が、シリウスはライオスの子であると証明しているのですわ！」

ルシンダは勝ち誇ったように云いきって、日記に手を伸ばした。

（陛下、たったいま指輪が反応しました）

アウロラがすばやくグインにささやく。

うむ、と豹頭を頷かせ、

「ルシンダ殿――その日記がそもそもの発端だ。ケルートの負い目を突いて運命を狂わ

せ、貴女の悲しみにつけ入って正しい判断を狂わせた。それが出来るのは魔のものだ。事実ケルートがその頁を開いたとき、書かれていた文字はすべて消し飛んでしまったぞ」

それ自体魔力をもつとされるルーン文字は、まるで生き物であるかのように羊皮紙から飛び立ち、ケルートは精神崩壊に陥ったのだ。

しかしルシンダは日記を確認しようともせず頑迷に云いはった。

「何を云われようと、ここに書かれていることこそ真実。わが息子ライオスの筆跡で、シルヴィア皇女殿下とのえにしが書き綴られているのですから」

グインは太い息を吐いてから、

「証しなら俺も得ているぞ。俺はシリウスに会った。幼い、二歳になるばかりの子どもの面差しに明らかな証しを見ている」

(何を云いだす) とルシンダはあやしむ目つきになる。

「シリウスの目はある男によく似ていた。シルヴィア殿下の側近くに仕え、常に姫をお守りしていた者だ。俺は先から彼を妻の恋人と認めていたが、貴族でなかったために黒曜宮では重んじられていなかった。その不運な男はパリスと云った」

これにルシンダは呆然とした表情を見せた。

「そ、そのようなたわけた話があるかっ！　ケイロニア王ともあろう男が妻の不貞を許し、間男を認めていたなど誰が信じるのじゃ⁉」

「長い伝統と重い格式をもつ皇帝家であっても、人々の常識からいささか外れることは起き得るのだ。ダナエ侯家がそうであったように。しかも俺はパロ内乱に赴き、長らくシルヴィア殿下をおひとりにしてしまった。その短からぬ間に、かよわい殿下に寄り添う者がいたということだ。それを俺は罪と呼ばぬ」

「信じられぬ……あたくしは信じぬぞ。作り話に決まっている。そ、そのように無理くりの理由をつけて、亡きライオスの世嗣ぎを奪い、ダナエ侯家を断絶させる腹づもりにちがいなかろう。ダナエを廃絶させこの豊かな領地をケイロニアの直轄地として、ケイロニア王グインは新たな王室をうちたてる企みが透けて見える。皇帝家を傀儡と化して大国の権力を掌中におさめる、ケイロニア独裁の野望を目論んでおるにちがいない！」

ルシンダは敵意に満ちた目つきで決めつける。

グインはわずかにたじろぐ風もなく、落ち着いた声音でかえした。

「ダナエ選帝侯の後継については、ライオスが殺害されてから俺も気にかけてはいた。ルシンダ母侯、貴女の心痛と焦慮は理解できる。ケルートは不幸な道をたどったが――もうひとり貴女には頼りとするべき娘がいるであろう？　ライオスの未亡人サルビア姫が――」

ルシンダの目からすうっと熱がひいた。冷淡な変化だった。

「サルビアはライオスの子をなせなかった。選帝侯の娘とはいえダナエ侯家に何の利ももたらさなかった。ライオスが亡くなってから実家にもどったきり音沙汰も無い」

「新婚の夫に死なれた上、ケルート伯による讒言に傷ついて、心の傷を癒すためゼア女神の神殿にこもっていると聞いている」

「夫に死なれ子もない女など、尼僧になるしか道はあるまい」

ルシンダは酷薄に云い捨てた。

「亡きライオス侯とサルビア姫は、サリアの神前でえにしを結んだ正式な夫婦だ。この絆はたとえ伴侶の片方が亡くなろうと神によって保証される」

グインはルシンダを諭すように云った。サリアの婚姻のしきたりは、寡婦が婚家で冷淡な仕打ちを受けたり、意にそまぬ再婚を強いられたりすることが無いよう定められている。

「ルシンダ殿が母侯として正しくなすべきは愛息にかけられた醜名《しゅうめい》を晴らし、サルビア姫のお心をほどき哀しみを癒すことかと俺は思うがな？　姫を神殿から呼び戻し、女人ふたり手をたずさえて明日のダナエ家を築いてゆくことだと思うが」

「つらつらとよくも舌が回る、要はダナエをアトキアに併呑させる腹づもりであろう！」

険悪な声を上げるルシンダに対し、グインはものやわらかく応える。

「ルシンダ殿、前アトキア侯ギランの母親は三代前のダナエ侯の息女、貴女の大叔母にあたる。サルビア姫にダナエ侯家の血は確かにながれている。姫は嫁ぐ前夜にこれからはダナエのため、夫の政事《まつりごと》をたすけていきたいと、兄のアトキア侯マローンに語ったそうだ。生来心根のしっかりした娘なのだ。——これは俺の願いでも提案でもなくひとつの可能性だが、愛する良人を亡くした悲しみが癒えた姫が、ダナエの貴族なり騎士なりを再婚相手に選ぶことがあれば、貴女はこんどこそ可愛い孫を抱けるのではないか」

あくまでもおだやかなグインの言葉は、荒々しい語気にはねつけられた。

「詭弁《きべん》じゃ！　すべてがシリウスを取り上げ、ダナエを取り潰し、ケイロニア王家と腹心のアトキア侯らで領地を切り分けるための、陰謀と詭弁からに違いない！」

しかしルシンダの目はさいぜんより人間的だった。怒りや猜疑心に懊悩が混ざりこむ。

グインはちらりとアウロラに目をやる。

（ルシンダ殿が話すとき魔道の気は消えていませんが、特別強まってはいません）

アウロラはくちびるの動きだけで伝える、隠密騎士の技能のひとつだ。

ルシンダの敵意はあらわだがダナエの騎士たちがグインに向ける目には賛意があった。選帝侯が亡くなり世嗣ぎもなく侯家の一員にかどわかしの嫌疑がかかっている。不穏で不安定な情況で、ライオスの未亡人がダナエの血をひいていることは一筋の光明のように感じられたのかもしれない。

（サルビアさま……）そのつぶやきは若い者らしかった。

このときルシンダの狐目から炎が噴き出した！　ぎらぎらと眼底からほとばしる光。自尊心を傷つけられた怒りと云うより病気の発作を思わせるものだった。

「ルシンダ殿――」

落ち着かれよ、とグインが軽く手を上げなだめようとしたそのとき、

「偽者じゃ！　たった今豹頭王を名乗る他国の密偵と判明した。騎士長、即刻取り押さえよ！　ダナエ家を侮辱し、あたくしを恫喝《どうかつ》せし者の、首を打ってたもれ！」

部屋に控えた騎士たちに向かって金切り声の命令を発した。

十数人からの騎士は命令通りいっせいに剣を抜きはらった。

「アウロラ、俺の後ろに」

アウロラはすみやかに、グインの背にまわる。

「豹頭王陛下と戦えるとは、光栄のいたり――」

ふたり共に丸腰であるが、背中を合わせて立つ姿に歴戦の余裕がある。

ルシンダは憎々しげにねめつけ、

「はよう、かからぬかっ！」

騎士たちを促すが。

剣を手にした完全武装の騎士たちは誰ひとりも動き出さなかった。

「何をぐずぐずしておる。まさか臆しているのかっ」

「……奥さま、ルシンダさま」

しぼりだすような声の主はさいぜん彼女に叱責された若い騎士だった。

「この者……いえこの方が偽者の密偵とはどうにも思われません。今の話を聞くにつけ、サルビアさまのことですが、ケイロニア王ならそう仰るにちがいない深い思慮と情けを感じました。剣を向けることなど出来そうにありません」

他の騎士たちは黙っていたが、彼に同意を示すように次々と抜いた剣を鞘におさめる。ルシンダは激怒から色の変わった目を、グインとアウロラから、俠気《きょうき》を示した若者に向け直した。

「豹頭王陛下は領民のことをよく考えて下さっています。サルビアさまの件ですが、わたくしは賛成です。アトキアの姫君は気だてがよくお優しい方、ライオスさまのご不幸さえなければダナエ家中をまとめて下さったことでしょう。それにもし万がひとつ、ライオスさまとシルヴィア殿下がおつきあいされていたとして、妃殿下には色々とお噂があります。その方のお子さまをお迎えしても民が納得しないと思われます……」

蒼白の面持ちではあったが、郷士を愛する若者は自分の意見を云いきった。

これにルシンダが発したのは「黙れ」のひと言だった。その声は女のものとも思われぬ低いしわがれ声だった。

「陛下、危険です。魔道の気がまた！」

アウロラは顔色を変えて叫んだ。彼女の指輪は黒魔道師に遭遇したときと同じ氷の冷感に侵されていた。

「これは《闇の魔道師》の気――」

ふたたびぞっとさせる老いた声が響いた。

「黙れ！」

怪異はその言葉とほぼ同時だった。

ルシンダの背後にあった花台、花瓶にあふれるばかりの花々の間から、鮮やかな緑の光線が部屋の中に放たれた。騎士たちが立つ壁にむかって――まさに刺しつらぬく勢いであった。

刹那に、凶器が肉体を貫通するむざんな音と、犠牲者の断末魔の苦鳴が上がった。

「イルス……！」

口髭をつけた壮年が名を呼んだ。若い騎士の胸の真ん中に、大きな氷柱の根のような円形がのぞいていた。あやしい緑色のそれは石筍にも似ている。

緑の石筍は騎士の甲冑をつらぬいて、真後ろに掲げられていた前ダナエ侯――ルシンダの良人の肖像画にまでめり込んでいた。飛び散った血が壁のタピストリも床もおぞましく染めている。それでも息絶える間際に（ダナエのため……陛下お願い……）もはや声にもならぬ思いと共にイルスという若者はグインに託したものがあった。

投げ転がされた剣をグインは受け止め、その剣をアウロラに渡す。

アウロラは戸惑って、「陛下はどうなされます？」

「魔を斬る剣ならば携えておる。郷士と民を思う剣の持ち主のため、侯家に巣食った魔を絶つ。そのための剣はわが掌中に――」

グインはすばやく呪文を唱える。瞬きする間も待たせず、スナフキンの魔剣が利き手に握られる。

「おぬしが、日記を偽造し、ケルート伯を破滅においこんだ張本人だな、グラチウス！」

グインは怒りに牙を剝き出し、白光《びゃっこう》にかがやく切っ先を貴婦人に突きつけた。ルシンダは表情ひとつ変えず――否、うつろな青白い仮面のような顔をして、立ちすくんでいる。

その彼女の後背から、ふたたび緑色の光条が、今度は何本となく放射され、騎士たちの間に血しぶきと苦鳴が上がり、何人かはイルスと同じ運命をたどった。

うぬ、とグインは魔剣の柄を握り直した。

殺生光《せっしょうこう》はアウロラにも襲いかかって来た。尋常の光と性質を異にするその光は、折れも曲がりもしたのだ。（避けられぬ！）とアウロラが観念したその刹那、涼やかな音と共に結晶化した《死》は斬りくだかれた。

（豹頭王の剣技は光をも凌駕するか！）

命拾いしたレンティァ王女は安堵より感嘆から呻いていた。

ふたたび殺生光が空を裂くが、水晶が割れるような、高く澄んだ音がたてつづけに鳴りひびき、グインの剣風とともに消滅する。

グインは手首を鮮やかにひるがえし、スナフキンの剣を縦横に旋回させる。豹頭王も魔道の使い手ではないかと疑わせたほど、数え切れぬ魔の光線をすばらしい速度と精度で斬りはらった。

ついに殺生光が止んだ。大理石の床に数人の騎士が斃《たお》れていたが、グインは残った騎士のうちロひげの――イルスの名を呼んだ騎士だ、隊長らしい――男に向かって、

「ルシンダ母侯を操っているのは黒魔道師だ。この剣は魔のものには効くが、人を斬ればたちまち力をなくす。盾にされている母侯をこちら側に引き戻さねばならぬ。俺に力を貸してくれ」

「私たちに出来ることなら、なんなりと陛下――」

ダナエの騎士たちはグインの剣技を目のあたりにして、本物の豹頭王と確信したようだ。

（おそらく母侯の後ろに身をひそめている。そやつが敵の本体だ）

グインはアウロラにささやいた。

（わかりました陛下、わたしは母侯を安全なところに）

「頼む」

グインは剣を手にしていない方の手を石筍にかけた。半タッドほども径のある巨大な石筍である。

アウロラと騎士たちとは身をひくくして、ルシンダの足下まで這い寄ると一斉に飛びついて引き倒した。

「何をするっ！」

ルシンダが叫び、殺生光がふたたびあたりに飛来する。砕けた石筍のするどい切片が騎士たちの上にふりそそぐ。アウロラは腕や頬に切り傷を負いながら、長身を老貴婦人におおいかぶせて床に組み敷いた。

このときグインは床からひき抜いた石筍を、ルシンダの背後にあった花台めがけ投げつけた。

途端、おそろしい音が鳴り響いた。この世の物質が割れくだける音ではなかった。びりびりという異様な衝撃が走り、花瓶に挿されていたすべての花の首がふっ飛び、ちぎれた花弁が部屋中を舞い飛んだ。

何かが宙に解きはなたれる気配と共に、床がぐらぐら揺れだした。

4

部屋は激しく揺れ続けている。花台があったところの床が深くえぐりとられ、もやもやした緑がかった霧がわき出てきた。

「慮外者！　放しおれ……！」

ルシンダは喚きながら暴れるが、アウロラと騎士たちの手によって、ひきずるように壁際まで移動させられていた。

アウロラはニンフの指輪に手をやって、声を高くした。

「グイン陛下、いちだんと強い気が……！」

波打つ床にたくましい足を踏ん張って、グインはスナフキンの剣を構える。刀身から発される光はさらに強まって、霜の精を溶かすルアーのようだ。

剣光が魔のものを燻《いぶ》り出したか？

緑の狭霧《さぎり》がひとところに凝集する——と、霧が命あるもののようにうねって無数の襞《ひだ》となり、長衣の裾となって大理石の床を掃いた。

緑衣に身をつつんだ者は小柄だった。

しわがれた笑いが目深く下ろされたフードの奥から聞こえた。

グインは鼻にしわを寄せた。

「グラチウスだな」

緑衣の老婆は答えない。波のようにうねり続ける床に均衡を崩すことなく立っている。得物らしきものは見当たらないが、手は長い袖にかくされている。

「母侯は安全か？」

後ろの者たちに、グインは確認した。

「はい。ですが指輪は凍りついたかのよう。魔の気がさらに強さを増しています」

アウロラの答えにグインはうなずき、緑衣の魔者に剣を突きつけながら、油断なく一歩を踏み出し、吼えた。

「グラチウス！」

豹頭王の怒号を浴びせられて小揺るぎもしないことこそ尋常の人でない証しと云えた。

このとき——

宙を飛来してきたものがあった。

ライウスが書いたとされる日記だ。

グインは魔の引力に吸い寄せられた日記に剣を走らせた。

「何をする――」

悲鳴を上げたのはルシンダだが、日記の形をした魔の一部はスナフキンの剣が当たった途端、ケムリソウ花火のように弾け、あっけもなく消え去った。

「これでわかったでしょう？　あれは魔道によるもの。グイン陛下の剣は魔を消滅させる力を持っているのです」

アウロラの説得を聞き入れたか否か、ルシンダは瘧《おこり》を病むように身を震わせる。

グインは緑衣の婆に詰め寄った。

「ライオスを毒殺し、ダナエ侯家の人間の悲しみに付け入って、十二選帝侯を一角から突き崩す目論見だったな」

告発された者はフードに表情をかくしぶきみな沈黙を守っている。

「その上でシリウスをかどわかそうとした」

罪科をつらねる間に、グインは一気に間合いを詰めスナフキンの剣でしとめることが出来た。だが――

（シルヴィア）

彼女の消息を知る《闇の司祭》をこの場でうち滅ぼしてもならぬし、もうひとつグインをためらわせる理由があった。

後ろ首を逆立てる嫌悪感は《闇の司祭》に対峙したとき感じるものだが違和感がある。

百の黒玉に白玉がひとつ混入しているような、おそろしく微妙な違和感であったが……。

(俺の直感は九分九厘、あやつはグラチウスだと告げている)

残る一厘が剣をおしとどめているのだ。

と、老婆がしゃがみこみ床に右手をついた。

床の波うちがぴたりと止まった。まるで凪いだ水面のように——と、手を置いた一点からまさに水に染料が溶けだすように緑色が広がった。色合いだけではなかった。床は緑晶石によく似た物質に変わっていった。

緑に染まった床から石筍がすさまじい勢いで伸びてきた。まるでキタイの竹の成長が超自然の力によって早められたように。たちまちドルミア式の柱ほども太い、何本もの柱がグインの周りを取り囲んだ。

魔道の罠が完成した瞬間だった。

柱の中芯に蛍がはなつような光が灯され、ぼうっとした光の中にあの女の姿が透けだしたのだ。病衣をまとったシルヴィアが、膝からくずおれた哀れな姿で、片手をさしのべている。

すべての柱の中にシルヴィアが居て、グインに助けをもとめている。

「お願いだから、斬らないで、グイン……あたしを斬らないで……」

いたいたしい声が憐憫《れんびん》を乞う。

グインの傷であり痛みそれじたいである《シレノスの貝殻骨》が手をさしのべている。

魔道の幻影とわかりきってはいても、グインはシルヴィアの姿を前にしてためらいを憶えていた。

「その剣で斬らないで……」

このときグインは戸惑いと過去の過誤とに足首をつかみとられた状態にあった。スナフキンの剣を振るうことは容易《たやす》い。それで一瞬のもとにシルヴィアの幻影を消すことは……。だがまた魔の罠が用意されているのではないか？　幻と現実とを繋ぐものを疑って立ち尽くしていたのだ。

シルヴィアの影は悲歌の歌い手のように身をしぼり、ありったけの情感をこめて、豹頭王の英雄を取り籠めるただひとつの主題を歌いかけていた。

シルヴィアの幻像を前になすすべもなく立ちつくすグインは、傍目《はため》には木偶《でく》人形のように見えたことだろう。

「グイン陛下……！」

呼び声と共に荒っぽいと云える音が、魔女《サイレン》の歌声を破った。

グインの異変を察知して、アウロラが緑晶石の一柱に剣を投げつけたのだ。彼女の目にシルヴィアの幻影は映っていなかったのだ。

人間の声のうちの誠意と、戦士が何より頼みとする鋼の響きがグインに覚醒をもたらした。グインは頭を振り敵の狙いを知った。

（危ういところだった）

緑晶石の列柱にとらえ込み、シルヴィアの顔をしたサイレンがグインの魂をしばりつけ、その間に緑の魔の汚染はひたひたとグインの足下の床に迫っていた。

緑衣の《敵》は床に手をついたまま身動きひとつしていない。

トパーズ色の目に決断の光がひらめいた。

グインはスナフキンの剣をくるりと一回転させ、下方に——真下の床にその剣先を向けた。

太い気合を吐き尽くすと——

グインはスナフキンの剣を床に刺し通していった。

魔に汚染された床に剣を柄まで刺した、刹那にまばゆい光が生じた。

清冽なまでに白くまばゆい光は、剣を刺した箇所を中心に環となって広がってゆく。

その光が通過したあと、床は元の大理石に戻っていた。

「おおっ！」

グインと魔道の戦いを見守る者たちの喉から呻きが漏れる。

スナフキンの剣の威力、黒魔道とはまったき逆の、だがそれも魔道としか呼び得ぬ不可知の力には感嘆の声しかなかった。

変化は床だけではなかった。石筍から成長をとげた柱——シルヴィアの幻魔を棲まわせる柱も、根元から清浄な光がしみわたってゆき、あれほどの太く巨大なものがまたたく間に影をうすくし、かき消えた。

ヨツンヘイムの黒小人、鍛冶屋スナフキンが鍛えた業物《わざもの》は、魔のものを斬ればすなわち消滅させる。剣には大宇宙のエネルギーがとりこまれている。この戦いでグインは莫大なエネルギーを調整し、魔に汚染された部位だけを取り除いたのだった。

白光が部屋をすみずみまで浄めていく。

(指輪がよみがえった)

アウロラが指輪を握りしめてつぶやく。

魔剣のもたらす光は、緑衣の婆のもとに到達しようとしていた。

怪鳥がはなつような奇声が上がり、緑衣が大きくはためく。飛鳥のように天井ちかくに舞い上がり、片方の袖を振った。

ふたたび緑の光線が宙を走ったが、さきほどの大掛かりな罠にエネルギーを費やしたか、これまでと比較にならぬほどその勢いは弱かった。剣に斬られるときの音は、薄い玻璃《はり》が割れるようだった。

魔の光線を薙《な》ぎはらいながらグインは思考し推理していた。

(明白に魔道の力は減衰している。グラチウス——瑕瑾なきグ、ラ、チ、ウ、ス、ならこれほど短時間に力を失うはずがない。違和感はいずこからだ？）

過去のグラチウスとの戦いを思い出し、魔光を発する老いた手を見据え、グインは推理を大胆に展開させた。

（魔道の攻撃は常に右側からだ。さいぜん罠を張っていたのも右手――）

豹頭の中におどろくべき考察が組み上げられていた。

（この直感が間違っていたなら、シルヴィアの手がかりを俺はおのれの手で断ち切ることになる）

一タルザンの十分の一ほど逡巡の間があった。

だが豹頭王は決断した、おのれの戦い方を。

細々とつづく攻撃をことごとく消し尽くし、足下に転がったダナエの騎士の剣、アウロラの思いもこめられたそれの側へと寄る。

素早く剣を拾い上げそれを左手に握りしめたグインは床を蹴った。

巨軀が鮮やかに宙を舞った。

正しく野生の豹の大跳躍が、その場の全員の瞼に焼きつけられた。

いまだ宙空にとどまる影に、豹は咆哮を上げ鋼の剣を振り上げた。

緑衣がひらめき逃れるより、グインの剣速が勝った。

手応えあった、と思ったとき青白い電光が細くながい蜘蛛の足のように宙を揺らめいた。つづいて小さな爆音がし、魔の気がいったん濃くなりまさり、凝集すると長さ十五タルスほどの、先端が五つに細く裂けたものとなった。

それは人間の手であった。大理石の床に落ちて転がる。

このとき緑魔は気が狂った鳥のように、錐揉み旋回して飛来してきた。捨て身の攻撃をグインはすばらしい反射神経でかわした。わずかに衣の端が触れただけでぶ厚いマントが大きく切り裂かれた。緑衣は触れれば肉を断つ凶器であった。のこった左手からも鉤爪をのぞかせている。だが魔光はもう放ってこない。

魔のものは地に降り立つと、再びはげしく旋回しだした。旋風によって壁や家具から装飾品が剝ぎ取られ部屋中を飛びまわる。アウロラは安全確保のためいささか手荒くルシンダの身体を押さえつけねばならなかった。騎士たちは飛ばされまいと互いに肩を組んで、豹頭王の戦いの結末を見届けようとしていた。

グインはスナフキンの剣をかざして小型の竜巻に近付いてゆく。

かまいたちが生じ黄色と黒の毛が断たれて散った。が、グインは臆することなく次の瞬間には竜巻の中心をつらぬき通していた。

刀身からの光がさらに強さを増した。

戦いを見守る者たちの頬を、この世ならぬ熱が火照らせた。豹頭王そのひとのエネルギーかと疑えるそれは、ドールを灼き滅ぼすまさにルアーの光《エネルギー》と熱だった。この場に白魔道の教義を知る者はいなかったが、それは時空のひずみを正す力、正義という言葉にこめられるよりはるかに苛烈に、人の心と物象とを正道にひきもどすエネルギーと感じられた。

正なる光芒の中で魔のものの終焉は静かだった。

グインの剣はこの世にありえぬものに命をあたえていた核を突きこわし、同時に膨大なエネルギーを送り込んで魔のものを包みこみ揉み潰し、爆発の瞬間さえも食らい尽くしてしまった。

もとより属する混沌界へ吸い込まれたか？　魔は残滓も余さず消え去った。

右手《めて》に魔剣、左手《ゆんで》に鋼の剣を握るグインは、油断のない目を床に落ちた緑の衣から、少し離れたところに転がる手にそそいだ。

老いしなびた手。手首から切断されているが血は一滴だに流れていない。見かけからミイラのものと云ってよかったが、グインの鋭い第六感は独特な魔の《気》を捉えていた。

「グラチウス――」

手首に向かって云う。

と、ここで手首はいきなりぴょんと跳ねた。

勢いよく飛び上がってきたそれを、あえてグインは叩き斬らなかった。しかし誰がどう見ても気味のよい見物ではない。しわくちゃの老人斑の浮いた手は五本の指をつきたてるようにして、グインのたくましい二の腕をつかんでいるのだ。

グインはまったく動じることなく、砂ヒルを自らの血で養うかのように、そのままの姿勢で気味のわるい寄生動物じみた手を観察していた。

トパーズ色の目が鋭くほそめられ――

「陛下、またです！」

空気中の魔の成分の微妙な変化を、〈ニンフの指輪〉はアウロラのサラシを巻きしめた胸に伝えたのだ。

「黒魔道師の《気》が強まって……」

アウロラが云い終わるのも待たず、一度でも聞いたら忘れられない、耳障りな笑い声がした。

『フォッフォッ』

あやしい残響《エコー》さえ帯びている。手はグインの腕を放すと宙に浮き、手首の切り口から黒っぽいもやを吐きだした。黒とも鼠色ともつかぬもやはかなり大きく広がってから、生き物めく動きを見せながら収縮し、その魂と同じ黒鼠色の道衣姿に変わった。

「グラチウス、《闇の司祭》……」

呻いたのはアウロラだった。

「フォッフォッフォッ」

さいぜんより人のものに近い。ただし傲慢さや悪辣な性質が鼻につく笑い方だ。《闇の司祭》グラチウスは悪びれもせず云ってのけた。

「グインよ、豹頭王よ！　さすがのわしもお主に助けられようとは思わなんだぞ」

「黒魔道師を助けるいわれなどない」

グインはこわい声を出し、白刃のような牙を剝いた。

「シルヴィアはどこに居る？　お前が連れ去ったことは明白だぞ」

呆然としていたアウロラがグインのこの迫力にはっとしたように、

「ルヴィナさんをどこにやった、サイロンの酒場から……」

「ほうほう！　海の女王の娘――ノルン海の白鯨《ガトゥー》の娘もおるとは、これもヤーンのみちびきというわけか」

グラチウスは暗く皮肉な笑みを漏らすと、

「ケイロニア王妃か――潔癖すぎる宰相と底意地の悪い女官のいじめにあって、心を病み良人と臣下の手で幽閉され、幽閉所の地下で鼠退治のとばっちりにあって溺れ死にかけ、廃嫡の憂きめにもあった、世にも哀れな世嗣ぎの姫のことか？」

あからさまな嫌みだが病の真の原因を知るグインが動じるはずもなかった。

「シルヴィアは地下の川から下町に流されアウロラをはじめとする人々に助けられ小康

を得た。彼女から平穏の日々を奪っておいてよく云うものだ。かどわかしの下手人め」

「そうだ。ルヴィナさん――シルヴィア妃を売国妃に仕立て、ケイロニアに災厄をもたらすとお前は云った。あの時地下酒場でたしかに聞いたぞ！　あの女《ひと》をそんな企みにひきこませはしない。返せ！」

アウロラは青い目に純粋な怒りをみなぎらせていた。

「下手人だの、返せだの云うは勝手だが、わしは今の今まで虜囚の身であった。おぬしらは娑婆《しゃば》に出て間もない囚人に牢獄にいる間に起きた事件を詰問しておるのだぞ。だいいち考えてもみろ。皇女を捕らえておったら、この場にわしが現われるはずもなかろう」

「黒魔道師の云い分など信じられるか!?」アウロラが決めつける。

しかしグインはトパーズ色の目に思慮の光をたたえて云った。

「グラチウス、では聞こう。いかなる経緯《いきさつ》からこの場にあらわれた？　手首に接がれていた魔のものはお前の傀儡なのか？」

「フォフォッ、さすが――地上にありて宇宙のエネルギーを有するおぬしだけはある。ガトゥーの小娘よりはるかに話が出来る。大人《たいじん》じゃな。まったく、おぬしがおらなかったら竜王の罠にかかって、さすがのわしも今回ばかりは観念せねばならぬところだったろう」

「竜王だと――」

　トパーズの目がぎらりと光る。

「さよう、わしはきゃつと真っ向からぶつかったのだよ。わしほどの大魔道師でなかったら星が瞬く間もなく木っ端微塵に消し潰されていたじゃろう。それほど壮絶な戦いであった。おかげで雌鳥の足跡を見失ったのだ」

「陛下、黒魔道師の云うことなどわたしは信じられません…」

「アウロラ、たしかに黒魔道師の謂いは半分が虚偽、残る半分も真実を餌にした罠とされる。だが百を語らせれば三つの真実があるとも云われる」

「説得力がないぞ豹頭王、沿海州の娘はなぞなぞを聞かされた顔をしておる」

　グラチウスにからかわれ、アウロラは顔を真っ赤にする。図星だったからだ。

「娘よ、海の女王の冠を約束されし娘――」とグラチウスは云った。「豹頭王はひどいことを云っておるが、そなたの美しい青藍の玉《アクアマリン》の瞳にかけて、ケイロニア妃についてはは真実を云うた。思いのほかわしはそなたを気に入っておるのでな」

《闇の司祭》から告白を受けても虫酸しか走らぬ。が、アウロラは気丈にもこの邪悪な精神の持ち主をにらみ返した。

「グラチウス、俺たちの前に現われたのはよほどせっぱつまっていたからだろう？　竜王の罠がいかなるものかは知らぬが、お前は竜王と戦って敗れ去り手首から先を奪われたと云うのだな？」

　グインの詰問はするどかった。

「豹頭王よ――」グラチウスはグインの推理を諾《うべな》うように云った。

「その通りだ。何をどう云い繕《つくろ》っても敗けた事実は変わらぬな。そして虜囚の身であったのも真のことじゃ。わしは竜王との会談に臨んでみごとに嵌められた。キタイの魔道によって巨大な地下空間に封じ込められていた。頓馬な兄弟子を五百五十年ほど封じ込めてやったことはあるが、わしともあろう者がこれは永遠に脱出不能かと疑ったほど、おそろしく強力な魔の磁場、力場がその塔の地下にはたらいており《閉じた空間》の術を妨げたのだ。そう――わしが危地に陥ったその戦いだが、竜王のやつめ奇っ怪きわまる魔道を使いおった。なんと人造人間を差し向けてきおった」

「人造人間？」

　グインはひげをピクリとさせた。

「さよう人造人間だ。常の人と同じ身体を持っているが、サリアに祝福され生まれ出たものでない。魔道の手技《てわざ》によって人体各所を継ぎ、活性エネルギーを流して疑似生命を与えたにちがいなかろう。怪物めは小賢しくもわしの魔道を封じ、吸い取るまねまでしてのけた。その上さらにわしの手首を切り取って、ケイロニアの内部紛争のたねにしおったのだ。わしは地下に横たわりおのれの一部が、竜王とその傀儡に利用される屈辱にじっと耐えていた」

　黙って話を聞いていたグインだが、さすがに言葉をはさむ。

「ユラニアの大身《たいしん》から寒村の農民まで、おのれの野望のため、多くの人を操ってきた黒魔道師でなければ同情するところだが」

「同情してくれと云っているのではない。どうやらおぬし、わしの話を信じておらぬな。人造人間と云ったとたん鼻がうごいたぞ。たしかに以前おぬしを人造人間ではないかと疑ったことはあったが、おぬしが子を儲けたことで間違いとわかった。——だがとにかくわしが竜王の罠にかかっていたのはドールにかけて真実だ。キタイの黒魔道による強力比類ない磁場にだ。しかも二重の罠だった。おぬしが傀儡にスナフキンの剣をふるったとき、おそるべきエネルギーは接がれた右手から魔の空間を経由し、そのままだと、わし本体も無事ではいなかったかもしれん。おぬしが手首を切り離したとき竜王の軛《くびき》がはじけとび、わしは空間移動の自由を得られた。これぞヤーンの手技《てわざ》と云うべきか？　それとも、わしとおぬしの浅からぬ絆ゆえかな。フォフォッ」

「それはヤーンの皮肉だ」グインはもう一度小鼻をうごかし、「グラチウス、お前が竜王に封じ込められていたのはパロだな？　塔とはクリスタルの塔、クリスタル・パレスの地下であろう？」

　グインの鋭い詰問にグラチウスは笑いをひそめた。

「シルヴィアを連れ去ったのはパロか？」

「パロ……」

アウロラが呆然とつぶやく。

「おぬしにサイロンで完膚なきまでやられた竜王が、その傷も癒えるか癒えないうちにクリスタルを侵略したと？　そう思う根拠でもあるのか」

「ヴァレリウスから報せがあり詳しく聞いておる。——シルヴィアもパロに入っているならつじつまも合う」

（木っ端魔道師め余計なことを……）ちっという舌打ちが、あたりに作用したかのように、冷感といやな湿り気がたちこめる。

（しょうこりも無く魔道の気が強まっています）

アウロラはうんざりした顔である。グインはまだ魔剣を手にしているため、ニンフの指輪は生きているが、グラチウス本来の《気》だけでなくあくどい体臭も強まっていて、ダナエの騎士たちの顔をしかめさせる。

魔道師の道衣がはためきグラチウスは、ひと回りほど大きくなったように見えた。

「パロならどうする、豹頭王？　聖王の居城の内部で進行するおそるべき陰謀、その内幕をわしはこの身体を張って摑んだのだ。ゴーラ王はいよいよ頭《つむり》に酒の毒がまわったか、キタイの魔道師にでもたぶらかされたか？　右腕たる男を斬りおった。狂王にふさわしい血まみれの道に踏みだしおった」

驚いたろうと云いたげなグラチウスに対し、グインはまったく毛ほども動じていない。が、アウロラは真っ青になり、くちびるを震わせ、

「ゴーラ王の右腕……まさか？」

対照的なふたりの反応にグラチウスは目をすがめて、

「豹頭《ひょうあたま》め、とうに見当はついていたと云いたげだな。それに比べて沿海州の娘のなんともかわいらしいこと。そうだ、沿海州きっての海の男が陸《おか》で、故郷を捨ててまで剣を捧げた主君の手によって、殺されたのだ。なんともむごい、これもヤーンの手技なら、ヤーンとはまったくひどい神ではないか」

「黒魔道師の云っていることは本当でしょうか？　わたしはレントの海でカメロン提督に助けられたことがあります。あの男《ひと》は尊敬する海の勇者の一人でした。……ゴーラ王は悪魔なのでしょうか」

アウロラが感情を剝き出しにしても致し方なかった。グラチウスの云う通りあまりにむごい運命の裏切りであった。

「貴女の恩人はすでにこの世にない。いたわしいことだが」

「なんという……」アウロラは絶句する。

――そうして、グインは豹の目を黄金色に燃え立たせ黒衣の老人を睨んだ。

「グラチウス、ここでカメロンの悲劇を明らかにし、俺の目を何から逸らそうとしている？　シルヴィアについてか？　それともキタイの陰謀か？　いずれにせよ中原にとってゆゆしい事実のはずだ。竜王の罠を脱する道をひらいたのは俺の剣と云ったな？　その代償に重大な真実を語るがよい！」

王者の怒号をとどろかせた。

「ふん——」

と虚勢を張ってみせてから、ねじくれた心の持ち主は返答した。

「さいぜんおぬしも云うたではないか？　黒魔道師の真実は百のうち三つだと。シルヴィア皇女の居場所はわしにもわからん。パロ国内には遠見や心話を遮断するしかけが巡らされている。そのあたりは木っ端魔道師のパロ宰相からも聞いておろう。だが、さよう——おぬしのおかげでわしは竜王の罠から脱した。《闇の司祭》は恩を忘れない男だ。わが神ドールも認めておる」

グラチウスは黒衣の袖から右の手を——切れ目もわかてぬほど、きれいに接がれていたが——突き出した。そうして五本の指をいっぱいに開く。その手の平に漆黒の球体があらわれた。ガーガーの羽の色に染まった水晶。それはふわりと浮き上がって、グインとアウロラの目の前に飛んで来た。

「これは遠見の球だ。竜王めも、ケイロニア国内までは、心話や魔道を妨げる術を延ばすことはできなかったようだ。その球をよく見るがよい」

グラチウスは性の悪い笑みをうかべていた。

水晶球の内部に光が灯り、闇の色が溶け去ると、そこに映し出されていたのは、上品なドレスをまとう金茶色の髪の三十代の婦人。婦人はワルスタットの紋章を胸にきざんだ騎士たちに剣を突きつけられている。その婦人の背に守られるようにして貴族らしい少年と少女が立ちすくんでいるのだった。

「グインよ、そして海の王女よ、雌鳥皇女よりもおぬしらの助けを必要としているのは、アンテーヌのイーラル鳥のようであるぞよ」

遠見の球に映されているのは、ワルスタット城の虜となったアクテ夫人とその子どもたちであった。

あとがき

お待たせいたしました。宵野《よいの》ゆめです。グイン・サーガ百四十巻『ヤーンの虜』をお届けいたします。

栗本薫先生亡きあとグイン・サーガを書き継いできて十巻目となります。ついに五代ゆうさんの描くグインと交差する展開ともなりました。複数の作家に紡がれる物語《サーガ》ゆえの宿命というと大げさかもしれませんが、登場人物と舞台が重なれば単独の作品には無いすり合せ作業が必要となってきます。今回はそのあたりも含め『ヤーンの虜』の執筆時のこと振り返ってみようと思います。

まず始めにタイトルを決めます。

お手にとって下さった新刊の帯には次の巻のタイトルが掲げられています。前巻『豹頭王の来訪』が刊行されたとき、『ヤーンの虜』はまだ執筆半ばで仮題でしたが、《グイン・サーガ続篇プロジェクト》開始から予告されたタイトルが変更になったためしはありません。名前にはよほど強力な呪《しゅ》があるのだなあと毎回感心しています。でも……実は最初に思いついたタイトルは違うものでした。しかしそれはあまりグイン・サーガらしくなく、その上ネタバレの怖れもあったので結局『ヤーンの虜』にしたのですが、気に入ってもいたので少し変えて第一話を『ノルン城の虜』としました。こう書くとどんなタイトルにしたかったか、鋭い方には解ってしまったかもしれませんね（笑）。

タイトルと第一話のサブタイトルが決まると次にエピグラフを書きます。エピグラフは本文やグイン・サーガの登場人物の未来を示唆するきわめて重要な役割をになっています。百三十九巻『豹頭王の来訪』のあとがきで、五代さんが、内容が急遽変更となったためエピグラフも差し替えたと書いておられますね。

そしていよいよ本文に入ります。わたしは基本的に一話分（原稿用紙に換算しておよそ百枚）ずつを続篇プロジェクトのメンバーに見せてゆきます。それを編集様がチェックしたり、監修様から「設定に照らし合わせると、こうしたほうがよい（グイン・サーガらしい）のでは？」という意見をいただき、なるたけ自分の物語になじませるかたちで文章に反映させせます。だから、という訳でもありませんが、プロットは立てますがかなり大雑把です。実際に書いてみなければ分からないことが創作物にはつきものですから。またそれに本文を書くにあたって、前の巻の『豹頭王の来訪』とのすり合せもありますから、大雑把でゆるいプロット立てのほうが都合はよいといえますね。

わたし宵野も『豹頭王の来訪』の展開には驚かされましたが、『ヤーンの虜』を書く上で特別に苦労はしていなかったようです。ストーリーはおのずと影響を受けますが、マイナスではなくむしろ展開に弾みがつきますし、第一にグイン・サーガが流れ続けるそのことが書き手に大きな力を与えてくれます。しいて悩んだと云えば時系列についてでしょうか。

その時系列問題解消のため『ヤーンの虜』は、いつものパターン序―一話、破―二話、急に三話と四話ではなく、第一話、第二話、第三話が独立してほぼ同じ時間で起こり、第四話ヤーンの手技（スーパー外科医の手術をイメージして下さい）によって繋ぎあわされました。ひとえにグインという稀有の存在が、もうひとつの物語世界に出かけ還ってきた、そのエネルギー移動に物語そのものが巻き込まれたと思っています。ただしこの大いなる余波……〈落魄の魔道師〉を辛い目に遭わせたようですね。でもっ！　黒曜宮には愛らしい花のような笑顔が待っています。悲傷《ひしょう》を癒してくれるでしょう。だから強く生きてドルニウス！　と書き手はひそかに応援《ひいき》しているのです。

さて、『ヤーンの虜』はキリ番となりますが、ケイロニア騒乱の一大因子ともなる運命の子シリウス問題に際しグインその人が動き、かつまた宵野グインと五代グインが交差するという、かつてシェアード・ワールドとして書かれた小説の中でも珍しい、いや例の無い展開だったのではないかという自負を感じています。

それにしてもグイン・サーガという大河の滔々《とうとう》たる流れから見たら書き手の苦労も些細なこと。もとより怪物的ポテンシャルを秘めた物語です。大河というよりまさにゴジラのように時にはプロットさえうち砕いてしまうことは五代さんも大いに頷いて下さるでしょう。

ちなみに第三話「幼獣の標的」はこの前の巻『ケイロンの絆』に入る予定でしたが、シルヴィア姫が「そんな素っ気ない扱いあたしはイヤ！　許さない」と云ったか云わないか……『ヤーンの虜』で語られることになりました。考えてみると、国を追われた皇女さまも、自分の城に足止めされたノルン海の覇者も、豹頭の超戦士さえも運命の虜である点は同じなのですね。始めは（このタイトル少し地味かしら？）と悩みましたが、ラスト一行を書き終えたときには「このタイトルしかない」と心から思えたのでした。

ネタバレ抜きで「続篇プロジェクトで物語を書く舞台裏（書き手の心象）」を綴ってみました。二人の異なる書き手が同一の登場人物と舞台を書く上でどのように連繋をとっているか、疑問を持たれている読者の方々の答えにいくぶんかなっていたら幸いです。

この勢いで皆様がいちばん気にされている「グイン・サーガという大河の今後のゆくえ」についても書きましょう。『豹頭王の来訪』のあとがきで、五代さんがグインについて簡潔で力強い解説をしてくれました。名文です。それに宵野がつけ加えて云うなら、百三十四巻『売国妃シルヴィア』でも書いていますが、「陛下は超人ではない。人間なのだ。人間の心の痛みも弱さをすら、そのお心にしっかり刻んでいらっしゃる。そうして今この時もケイロニアを支え、傷だらけのサイロンを立て直そうと力を尽くして下さっている」でしょうか？　地上人のグイン、人間の国の王であろうとする豹頭王の戦いを、グイン・サーガ第三巻『ノスフェラスの戦い』のエピグラフにある予言を、どのようなかたちで描きつくし皆様にお届けできるか？　宵野の頭を占めているのはこの一点に尽きるようです。

そしてよい機会なので「あの方」についても、わたしの考えを書いておこうと思います。グイン・サーガ・ワールド二期が始まってすぐに五代さんが「あの方の復活」を言明されたとき、すごいアイディアだと感嘆しわくわくしました。即座に賛同の意見を表わしました。レビューなどでは賛否両論のうずまく嵐の目となってますが、栗本薫先生は天国魔界（造語です）で面白がっていると思いますし、いまだかつて無いグインの敵として魅力に満ちあふれているじゃありませんか!?

ケイロニア篇がどうパロ篇と繫がってゆくか、他の中原の国々も争乱に巻き込まれてゆくのかもこれからの見どころだと思います。そして何よりケイロン人に無くてはならぬ豹頭王がどのようにして、栗本ヤーンが予言するような行動に駈られるか？　登場人物たちのあやしい運命、さまざまな色糸が絡みあい織りなされるタピストリにどうぞご期待下さいませ。

さてさて、次は五代さんのスーパー魔道ジジイ大戦ですよ。何を隠そうわたしも楽しみで仕方ないのです。

担当編集様、五代グインとの調整役になってもらって感謝しかありません。
監修の田中様、八巻様、グイン世界の設定考証だけではなく登場人物の背景にも助言をいただき有り難く感じています。
丹野忍様、カバーイラストをありがとうございます。
竹原沙織様、英字タイトルをありがとうございます。

そして——
グイン・サーガという未曾有の大河ロマン、この一筋縄ではゆかない物語をいつも待っていて下さる読者の皆様、ありがとうございます。これからもよろしくお付き合い下さいませ。

宵野ゆめ拝

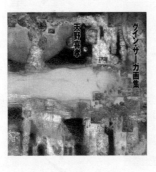

著者略歴　1961年東京生，千代田工科芸術専門学校卒，中島梓小説塾に参加，中島梓氏から直接指導を受けた，グイン・サーガ外伝『宿命の宝冠』でデビュー，著書『サイロンの挽歌』『イリスの炎』『ケイロンの絆』

HM=Hayakawa M
SF=Science
JA=Japanese Autho
NV=Novel
NF=Nonfiction
FT=Fantasy

グイン・サーガ⑭⓪

ヤーンの虜《とりこ》

〈JA1255〉

二〇一六年十二月　十　日　印刷
二〇一六年十二月十五日　発行
（定価はカバーに表示してあります）

著　者　宵《よい》野《の》ゆめ
監修者　天狼《てんろう》プロダクション
発行者　早川　浩
発行所　株式会社　早川書房
郵便番号　一〇一 - 〇〇四六
東京都千代田区神田多町二ノ二
電話　〇三 - 三二五二 - 三一一一（大代表）
振替　〇〇一六〇 - 三 - 四七七九九
http://www.hayakawa-online.co.jp

乱丁・落丁本は小社制作部宛お送り下さい。送料小社負担にてお取りかえいたします。

印刷・株式会社亨有堂印刷所　製本・大口製本印刷株式会社

ISBN978-4-15-031255-8 C0193